小小说精品系列

夷门书家

小小说精品系列

……
金钟麟　李子铮　申桐生　张琳　宋问梅　邵次公　萧慕飞　武慕姚　郦禾农　李锡恩　王友梅　朱芳圃　张乐天　袁鼎　王德懋　蒋恢吾　王用吉

夷门书家

张晓林————著

人民文学出版社

图书在版编目（CIP）数据

夷门书家/张晓林著. —北京：人民文学出版社，2018
（小小说精品系列）
ISBN 978-7-02-013879-1

Ⅰ.①夷… Ⅱ.①张… Ⅲ.①短篇小说—小说集—中国—当代 Ⅳ.①I247.7

中国版本图书馆 CIP 数据核字（2018）第 041921 号

责任编辑　脚　印　王　蔚
装帧设计　刘　静
责任印制　王重艺

出版发行　人民文学出版社
社　　址　北京市朝内大街 166 号
邮政编码　100705
网　　址　http://www.rw-cn.com

印　　刷　三河市宏盛印务有限公司
经　　销　全国新华书店等

字　　数　130 千字
开　　本　880 毫米×1230 毫米　1/32
印　　张　8.25　插页 1
印　　数　1—10000
版　　次　2018 年 7 月北京第 1 版
印　　次　2018 年 7 月第 1 次印刷

书　　号　978-7-02-013879-1
定　　价　38.00 元

如有印装质量问题,请与本社图书销售中心调换。电话:010-65233595

王
用
吉

　　王用吉（1895—？），字静澜，号澄斋。大篆融石鼓、秦篆为一炉，古雅有致。

　　王用吉是夷门最具有情趣的书法家，喜欢和古人过不去。二十余岁就做了河南省教育厅主任秘书，在以后漫长的仕途生涯里再没有被提拔过。二十三岁那年，他写了一本质疑古代书法家的书，取名《拷问录》。这本薄薄的只有六十余页的著作中，随处充斥着奇思怪想。譬如他对王僧虔的论书名言"书之妙道，神采为上，形质次之，二者兼之者方可绍于古人"颇不以为然，便在下面用另外一句话代替了它："书法如美人，体不美则丑，神不足则僵。体神俱美，方能美目盼兮，巧笑倩兮，勾魂摄魄！"他为此洋洋自得，自认为后者说得更为形象，让人一睹难忘。他还对傅青主的高论"宁丑勿媚"嗤之以鼻，认为这句话表述模糊，在他看来，"媚"本身就是"丑"的另一种形式。

这本书后来虽说只印了三百册，但却令他在夷门书坛声名大振。但很快他就向古人做了妥协，认为他的这种做法是青春期的孟浪之举。他开始坐下来研习石鼓文和秦代《泰山刻石》残片，成了河南博物馆的常客，并与关百益来往频繁。关百益给他提供了诸多便利，让他阅遍了所有馆藏的金石著录。

二十八岁那年，王用吉抛弃了汲县老家的妻子，开始了一场颇为浪漫的恋爱。对象是来自金色世界德令哈的一个牧民歌女。歌女的歌声高亢而华丽，每听一次，王用吉都会兴奋得浑身发抖，于这种天籁般的歌声里，恍恍惚惚看到石鼓上的文字幻化成一道道诡异的音符，在夷门的上空漫天飞舞。

一年后他跟着歌女回了一趟德令哈，在山脚下的白帐篷里歌女变得异常温柔，拿出了珍藏多年的青稞酒，请来一个年轻牧民与他对酒。那天晚上，王用吉烂醉如泥。第二天中午酒醒时分，白帐篷消失了，他沐浴在温暖的高原阳光里。歌女抛弃了他，一去了无踪影。

在德令哈荒凉的街道上，王用吉开始了他漫无边际的寻找。这种寻找注定是没有结果的，他想到了自杀。六月上旬的一天早晨，王用吉跳进了穿越德令哈蜿蜒东南流的八音河。跳进河里不到五分钟，王用吉就后悔了。初夏黎明的高原河水依然冰冷得如针扎一般令他难以忍受，并很快冻僵了他的四肢。他开始大喊救命！

一个画家救了他。这个画家隐居德令哈钻研山水画已经多年，然而一直不得关钮。画家每次面对高原上的山峦时，都会激情澎湃浮想联翩，认为应该产生伟大的作品，但一在宣纸上挥毫泼墨，这样的感觉立即消失得无影无踪，画面苍白而缺乏神韵。

王用吉在画家家中住了下来。闲得无聊的日子，画家带他去高原十二亿年前的旧河道里捡奇石。这里有一种单贝壳化石，贝壳都已经玉化，晶莹剔透，嵌在黝黑的石头里十分醒目。贝壳的形状五花八门，奇形怪状，有的形似怪兽，有的宛如花朵，还有的像极了水中嬉戏的鸭子。去了几次，王用吉都能捡到几块，而那个画家一块都没有捡到过。开始闹不明白是什么原因，后来就恍然大悟了，画家是按名画的标准去寻找奇石的！

再一次去捡奇石时，王用吉有一种预感，今天要有故事发生。果然，他捡到了一块形如砚台的奇石，椭圆形，有半尺多高，脸盆大小。上面成千上万只贝壳簇拥在一起，形成一个圆圆的墨槽，像一朵盛开的菊花。旁边还有一个小圆槽，也是贝壳环绕而成，可用来注水。这无疑是大自然锻造的一方天然砚台！鬼斧神工，让他们感到了大自然的神秘莫测。

王用吉跪倒在这方砚台前，感激的泪水模糊了双眼，他认为这是上苍给他的补偿，也是对他的厚爱。他奇怪地想到了米芾，虽然米芾爱砚如痴，但毫无疑问，他没有福气一睹这样的奇砚了。王用吉还给这方砚做了一首诗，其中一句又涉及米芾，大意是说米芾知道他得到这样一方奇砚后，又该痛苦地失眠了。

　　跳进河里不到五分钟，王用吉就后悔了。初夏黎
明的高原河水依然冰冷得如针扎一般令他难以忍受，
并很快冻僵了他的四肢。他开始大喊救命！

他让画家给他找来一个旧木箱子，垫上蒿草，将砚台装进去，背着箱子回到了开封。

王用吉在"又一新"饭庄举办了一个"赏砚酒会"，遍邀夷门书画界名流。一段时间里，贝壳砚成了大家口头边的热点话题。不久，开封城防司令高藩找到了他，愿用五百大洋购买这方砚台，被王用吉拒绝了。第二天清早，王家的看门犬身首异处，鲜艳的狗血涂满了每一扇房门。王用吉的父母吓得用被子蒙住脑袋，身子在被褥下面瑟瑟发抖。他的来探望父母的两个妹妹当天上午就返回汲县老家去了。

狗血事件让王用吉内心充满恐惧，他找到关百益商量对策，扬言要去法庭状告高藩。关百益冷冷劝道："你有什么证据？"停一停，又说："你即便有证据也不一定告得赢。"再说："告不赢事小，下次身首异处的就不一定是狗了！"王用吉脸色变得煞白，带着哭腔说："那该怎么办？"关百益说："办法很简单，把贝壳砚送给他！"

一个烈日炎炎的中午，王用吉经人说合，在"又一新"宴请高藩，并把贝壳砚送给了他。高藩也很豪爽，连夸王用吉够哥们儿，临走，让护兵给了王用吉六百大洋，说多出的那一百大洋算是赔狗的钱了。眼看着高藩大大咧咧亲自抱着贝壳砚走出饭店的大门，王用吉忽然看见，贝壳砚台上的两朵如玉一般的菊花一朵一朵变得乌黑乌黑的了。

蒋恢吾

蒋藩（1871—1944），字恢吾，号蓼庵。金石学家。

七十余年生涯，蒋恢吾身上发生过太多的传奇。他祖籍原是河南的睢县，但在参加了两次科考均落选之后，他们举家迁移到了离开封不远的杞县，定居在县城南门大街32号。时隔多年，他们举家迁移的因由已成难解之谜。但有一点是可以肯定的，在迁移后第二年，一九〇〇年的河南省乡试中，蒋恢吾考中了举人，而且很快被授予某县知县，蒋恢吾却拒不赴任。

我曾在开封明伦西街的旧书摊前购得蒋恢吾的一桢旧时照片。照片上的蒋恢吾穿一袭灰色长袍，瘦高个子，留英姿头（一种发型），目光有着政治家的深邃和婴儿般的清澈。他那年轻的脸上流露着一缕淡淡的忧愁，或者说是一种天生的孤独。

蒋恢吾回到杞县后，终日闭门不出。他家院子里有棵高大的梧桐树，枝繁而叶茂，清晨常有数百只鸟雀在枝头唱鸣。风雨骤至的时候，茂密的树冠给它们遮挡风雨。蒋恢吾给他的住室兼书房取名"梧荫楼"。梧荫楼里藏书二十余万卷，囊括了经、史、子、集四库。蒋恢吾又开始了长达十五年的潜心研读。等若干年后他出山的时候，很快就与河南大儒——南阳的张仲孚、卫辉的李时灿齐名了，当时素有"南有张仲孚，中有蒋恢吾，北有李时灿"之称。

一九一五年初秋，受杞县县长叶某之邀出任县志总编纂，纂修《杞县志》。一九一八年，受邀纂修《河阴县志》。一九二一年，河南金石修纂处成立，次年编纂《河南金石志》。金石编纂处主任许钧举荐蒋恢吾来汴编《河南金石目》部分。一九三二年，依据编纂三志书的经验，著《方志浅说》一书，提出了自己的见解。他认为"采访"是方志编纂工作中最为重要的一环，编纂人员要做到"躬亲、专治、择要、耐劳"四点。此外，他还把志书的编纂过程分为三个时期：校理旧志、开纂长编、刊成定本。这些见解今天看来仍具有借鉴价值。

在河南金石修纂处编志期间，蒋恢吾曾赴嵩山、龙门访碑。登嵩山时，正值盛夏，上山时蒋恢吾只穿一条短裤，一双新买的胶鞋。上得山去，山上刚下过一场雨，到处都是腐草的气味，草丛上空的蚊子一团一团的，看上去就像涌动的乌云，个个都很肥硕巨大，宛如小蜻蜓一般，嘤嘤鸣叫，声似雷聚。黄昏下

上得山去，山上刚下过一场雨，到处都是腐草的气味，草丛上空的蚊子一团一团的，看上去就像涌动的乌云。

山，凡是裸露在衣服外的肌肤，都被蚊虫叮咬数遍，红肿之处，凸出正常肌肤寸余。常恢吾的那双新胶鞋几乎烂成碎片，走两步就得停下打理半天，途径一户农家，进去向茅舍里的老婆婆讨得一块粗布，把鞋捆扎起来才下了山。

这就是蒋恢吾后来著《方志浅说》一书里的"躬亲"和"耐劳"了。他有亲身体验。

编纂史志之余，对河南书画家多有研究，曾著《许平石画润小启》一书，涉及书画家的师承渊源、风格流派，见解颇独到。如他评许钧的书法和绘画时说："篆隶得三代秦汉之遗韵；楷行探六朝唐宋之奥妙；其画山水直追石谷，人物酷似老莲，而笔墨时出新意，故能名满夷门！"此著一九六二年还见诸夷门藏书家高宏文之手，一年后便不知所踪。

蒋恢吾的藏书中，有宋版书两种，明朝皇宫内府刊印的《永乐大典》二十本，明清文人的手稿数十种，明清刻本就以百计了。他藏书的途径有三种：首先是去旧书摊上淘。一九〇七年他去北平访友，于报国寺旧书摊上淘得常茂徕《怡古堂书录》手稿，高兴得三日未眠。其次是朋友之间互赠。蒋恢吾与很多藏书家都有书信往来，尤其和南阳的张嘉谋、吴兴的刘承干来往密切。刘承干将他刊刻的《吴兴丛书》《求恕斋丛书》《嘉业堂金石丛书》等数种送给他收藏。蒋恢吾重抄了他的《原圃集》《瓢沧诗稿》作为回赠。第三种就是重金购买。他在夷门见到有绛云楼（钱谦益、柳如是夫妻的藏书楼）提拔的宋代黄庶《伐檀集》两册，花三十两银子买了下来，相当于他半年的口粮。

一九三八年，日寇攻陷开封。蒋恢吾的藏书引起了伪省长陈静斋的兴趣。

陈静斋找到蒋恢吾编《河南金石志》时的旧僚胡篱青，让他从中做说合，要蒋恢吾把《伐檀集》及所藏的河南志书类一百七十六种转手给他，被蒋恢吾拒绝。

第二年，蒋恢吾写了一篇《杞县金石考》的文章，在《河南民报》上发表了。不久，胡篱青在《河南教育日报》上撰文，说《杞县金石考》是从他的《夷门金石录》中抄袭而来，并列举出十一条例证。然后用冷漠而尖刻的语言隐晦地触及了蒋恢吾身体的某些隐私处。蒋恢吾给胡篱青写了一封绝交书，指出胡的行径"远劣于聂氏兄弟耳"！

读过信，有一件事让胡篱青放不下了。他想破了脑袋，都没想出聂氏兄弟到底是谁来！隔一天，正读闲书，忽然明白了。"聂"的古体字为三个"耳"，聂氏兄弟就是六个耳，长了六个耳朵的那还是人吗？他马上想到了《西游记》里的六耳猕猴——那个畜生！

胡篱青叹了口气，道："这个蒋恢吾，骂人也如此隐晦，还需考证一番！"

一九四四年，蒋恢吾病逝。已调离河南的陈静斋连夜派人赶到杞县，把蒋恢吾的善本藏书和方志类图书尽数收购了去。次年，陈静斋书房突然起火，所有书籍化为灰烬。

　　早在一九三四年，河南省举办首届书画展览，组委会邀请蒋恢吾参加，他笑笑谢绝了，说："我没有专意练过书法，就不凑这个热闹了。"等到蒋恢吾去世，家人整理他的遗物，发现了他创作的三大箱子书法作品，师法唐代欧阳询，深得欧体楷书精髓。

王德懋

王德懋（1859—1937），字懿臣，以篆书名世。

更多的时候，王德懋喜欢独自一人去城郊溜达溜达。

那是一九二〇年前后，张凤台任河南省政府主席，鉴于他的声望，委任他一个很奇怪的官职：省吏治调查所所长。职能好像是专门打探一些人的为官情况。这其实是个闲差，没有多少事可干，你想啊，上边不授意，你能调查谁去？

王德懋不喜欢在衙门里待着，也不愿去同僚间走动，很多人说他不合群，性格有些孤傲。

樱桃红了。他来到了野外。

一件事就发生了。

樱桃树的主人为了防止鸟来啄樱桃，用网将树冠围了起来。一只画眉鸟经不住诱惑，飞上去品尝美味，结果被网粘住了一只爪子，下不来了。求生的渴望让它拼命挣扎，可越挣扎缠绕得越紧，眼看着没有了力气。树下已站了个老妪，手里拿了根木棍子，试图把画眉鸟救出来。但是她个子矮小，踮起脚尖也够不到那只小鸟。

王德懋走过去，对老妪说："让我来！"

棍子刚一伸过去，画眉鸟的另一只爪子就隔着网紧紧地抓住了棍梢，嘴里"喳喳"叫着。然而，网不破，单凭一根棍子却难以让鸟儿挣脱出来。尽管如此，画眉鸟依然隔着网用一只爪子抓紧棍子不放，眼看着腿上被网线勒出血丝来了。王德懋手上猛地一用劲，网被捅破一个洞，画眉鸟挣脱了羁绊，惊恐地飞走了。

这时走上来一个壮汉，他瞪着王德懋说："赔我网钱！"老妪想说话，被壮汉用眼瞪了回去。王德懋掏出几枚铜圆，放进了壮汉宽大的手掌心里。壮汉吹着铜圆走了。

老妪说："是我带累你了。"

王德懋笑笑，说："不是。这是机缘。"

王德懋在写一部佛学方面的书，书名好像叫《夷门佛教轶事》，里面得举很多生活中与佛教有关的例子。这些例子他不想从书本里摘抄，他想到生活中去寻找。

夷门有一家字画店叫"博雅轩"，博雅轩的老板蒋三卞写得一手漂亮的"瘦金体"书法，每隔一阵子，他都会拿着他的一沓子临作找上门来，让王德懋给他评点评点。王德懋总是先"好好好"地肯定一番，然后指出一两处用笔上的小毛病，最

　　王德懋看到了这一幕。他找到蒋三卞,对他说:"你
这个人心太毒了!"就和蒋三卞断绝了来往。

后再加上一句："这纸太赖，要用好一点的纸，又不是用不起。"

蒋三爻就尴尬地笑，说："我不能用好纸，一用好纸写不成字。"

王德懋也笑起来。他知道，蒋三爻是个很小气的人。有一次他们逛街，见路边有一个妇女在挎着竹篮吆喝"卖变蛋"，蒋三爻先走了过去，伸手在竹篮里摸。摸出一枚，眯起眼睛，把那变蛋在手里来回地撩上撩下，然后放进篮子。再摸，再撩。忽然，一枚变蛋落到地上，蛋壳碎裂。蒋三爻不好意思地问："多少钱一个？"卖蛋者答："七文。"蒋三爻也不急着掏钱，蹲在地上把蛋壳剥净，问走过来的王德懋说："你吃吗？"王德懋答："不吃。"蒋三爻开始去衣兜里抠钱。抠，抠，总共抠出来六文，再抠，没有了。

卖变蛋的妇女很生气地说："若不是变蛋摔碎，决不卖给你！"

走出很远了，王德懋打趣道："刚才我如果回答说'吃'，那你怎么办？"

蒋三爻低头想了一阵子，认真地说："一个蛋，那只好一人各咬一半儿喽！"

有人劝王德懋道："这样的人，给他打个锤子的交道！"

王德懋笑笑，说："各人有各人的秉性。"

可是不久，因为另一件事，王德懋与蒋三爻断绝了来往。

蒋三爻在自家的园子里，种了一些黍子，等成熟了，好用来酿酒。眼看着黍子成熟了，小风一吹，飘出的香味儿很诱人。也诱来了麻雀。麻雀飞过来，在摇曳的黍子穗下聚会，叽叽喳喳，跳来跳去，幸福得不行。蒋三卞不高兴了，先是扎小纸人吓唬，过几天吓唬不住了，他又买来老鼠药，和豆皮拌在一起做成诱饵，放在黍子地里。

不久，欢快的麻雀们不见了，黍子棵底下，有几具麻雀腐烂的尸骸。

王德懋看到了这一幕。他找到蒋三卞，对他说："你这个人心太毒了！"就和蒋三卞断绝了来往。

后来，王德懋把这件事写进了他的《夷门佛教轶事》，还在文章的结尾仿造《聊斋志异》发表了一通议论。他说："鸟雀者，造物主赐予人类之精灵也。是追随人类而来，为人类解除寂寥者也。人类会种稻谷，其九牛之一毛是为鸟雀而种也。今一粒不欲与之，却残杀之，实有违大自然之初宗也！吾人类当自醒之！"

一段时间内，王德懋喜欢上了篆书，尤其是吴昌硕的《临石鼓文》，矫健恣肆的用笔，犹如鬼神相助，全凭自然，不可端倪，真可谓美到了极致。他临写了一阵子，不得关钮不说，一捉笔临吴昌硕的"石鼓文"，手就颤抖得厉害，毛笔常常从手中垂落下来。更奇怪的是，他捉笔写楷书乃至写行书的时候，手却一点都不颤抖。一天黄昏，他忽然醒悟了。他把他的吴昌硕《临石鼓文》拓本送给了好友张乐天。

张乐天很惊奇，问他缘故。他说："我与篆书无缘，若强为之，怕会有什么不测。"接着又说："人不可太贪，把一种书体写到能与古先贤比肩的地步，也就知足了。"

袁鼎

袁鼎（1859—1945），字潇云，举人出身。书法篆隶皆擅。

袁鼎虽说是夷门民国重要书家，但在他去世还不到五十年，开封市面上已很难觅见他的书法墨迹了。

据上了年纪的人说，袁鼎同治年间中举人，先后在雍丘、考城、祥符等县任县学教谕，民国初年回到开封，在城内开办私塾谋生，曾当过河南省临时政府的议员。成都拳师李雅轩跟他学过两年书法，后来将笔法运用到拳法当中，终成一代宗师。

河南省政府主席韩复榘对袁鼎很赏识，常邀请他到省政府公署去谈书法。韩复榘喜好舞文弄墨，汴京坊间流传着许多有关他的笑话。韩复榘收藏了很多幅袁鼎的书法。他说，袁鼎的书法有一种禅意。袁鼎的好友、夷门大文人孔文杰在他的著述里也曾提及了这一点，说袁鼎书法墨色很淡，有时淡到比水重不了多少的程度。

　　从书法的师承上看，袁鼎走的是清乾隆年间"淡墨探花"王文治的路子，而用墨比王文治还淡。有人在韩复榘面前评价袁鼎的书法，说"姿态婀娜，如秋娘傅粉，骨格纤弱，终不庄重！"属"轻佻一路"。韩复榘不置一言，冷冷而笑。

　　一个又胖又老的游方和尚在壶天阁古玩店见到了袁鼎的墨迹，低念一声佛号，自语道："此物不宜久留人间。"对柜内的店主李锡恩说："老衲收了此字！"随又说："此人墨迹，有多少老衲要收多少。"李锡恩说："韩主席处有许多。"和尚闻言，遽然色变，大惊道："韩某命不久矣！"李锡恩知有蹊跷，探问根由。和尚说："韩某是至刚至烈之人，却忽然喜好上这种纤柔的东西，大悖天性，必有不测！"果然，次年韩复榘被蒋介石枪毙于山东。

　　袁鼎对自己的书法颇为自信，认为夷门书家中，如果三百年后还有被人记起来的，那自己应该是其中翘楚。他为此把当时开封书坛八大书法家的风格一一做了分析，认为他们都没有挣脱出前人的藩篱，且个人面目模糊，不足以和他争高下。唯有郦禾农的隶书，稍有可观处，但致命的缺点在于黄山谷所说的"病韵"，格调不高。由此，他对自己的书法自视甚高，决不轻易示人，每天挥毫的作品，哪怕有一丝一毫的不满意，都要撕碎丢进纸篓，黄昏时分拿到院子里的老榆树下烧掉，然后挖坑掩埋。妻子的娘家侄儿是个屠户，手上永远是油光光的，听说袁鼎的书法能够卖银子，从雍丘乡下跑进城来讨要。袁鼎

　　这条泥鳅出奇地难宰杀，它几次都从滚烫的热水中跳了出来。这条泥鳅的肚皮被刨开的一刹那，袁鼎惊呆了，满肚子黄黄的鱼子。

不给他写，他就点着袁鼎的鼻子骂，把袁鼎和他姑姑年轻时的许多隐私都抖搂出来了。二人当即反目。

每次和郦禾农在一起谈到书法这个话题，他们二人的观点截然相反。郦禾农认为，写书法要笔笔中锋，线条才能入纸三分，光润可观，做到这一点，得时时注意调整笔锋。袁鼎则认为，书法以抒写性情为第一要务，不必斤斤计较于中锋侧锋，挥毫之时，总想着笔下是中锋或是侧锋，写出来的作品必然缺乏神采。

郦禾农问他："为了抒发性情，那就可以胡涂乱抹了？"

袁鼎想了想，说："必要的技法还是要有的。"

那场波及五省三百一十七个县的旱灾对袁鼎来说是一个转折点。河南省临时救灾会成立，吸纳袁鼎为救灾委员会委员，并委托他书写救灾委员会的匾额。在此以前，袁鼎曾谢绝为任何商家书写匾额和招牌。临时救灾会的匾额一经挂出，开封城内的机关、商号、店铺恳请袁鼎写匾额的人纷至沓来。若干年后，当袁鼎的墨迹难觅踪影的时候，这些匾额却还在市面上悄悄流传。到一九五〇年前后，开封的街道上还能见到数块他书写的匾额。可是，这些匾额终究难逃厄运，一九六八年的冬天全部被收罗出来付之一炬。

一九四三年初夏，袁鼎突然夜夜噩梦缠身，醒来大汗淋漓。过一阵子竟然无法躺在床上，一躺下就胸闷，喘不过气来，只有坐起来才感到好受一点。请开封名医邵子展诊治，开过药后，又说了一个小偏方：每天吃两条泥鳅，用滚水宰杀，与淮山药一起炖了吃。还一再叮嘱，泥鳅要活着宰杀，死了的泥鳅千万不能再吃。

袁鼎的儿子就买回来了一篓子的泥鳅，然后放在院子里的瓮中，每天吃就捉两条出来。袁鼎的妻子吃斋念佛，儿子在省政府当差，每天宰杀泥鳅都得袁鼎操刀。眼看着活蹦乱跳的泥鳅在滚烫的热水中挣扎，身躯慢慢地伸直，溜滑的皮肤变成黏液脱落，袁鼎的心尖头都会颤悠悠地疼。有一天，他发现有一条大一些的泥鳅把肚子翻了起来，黄黄的很是醒目。袁鼎想，这个泥鳅可能快死了，那就先吃它吧。可去捉它的时候，哗，那条泥鳅敏捷地翻转身来，迅速混进其他泥鳅当中。等袁鼎扭过身，那条泥鳅又亮起了黄黄的肚皮。如此几次，袁鼎决定吃它了。这条泥鳅出奇的难宰杀，它几次都从滚烫的热水中跳了出来。这条泥鳅的肚皮被刨开的一刹那，袁鼎惊呆了，满肚子黄黄的鱼子。袁鼎一下子明白了，它屡屡把肚皮翻起来，是在诉说它无法产卵的痛苦啊！

袁鼎不肯再吃泥鳅了。

一个阳光灿烂的早晨，袁鼎发现瓮里的泥鳅死了一条，就伸手捞出来，扔掉了。隔几天，发现又死了一条，捞出来，又扔掉了。

瓮里的泥鳅越来越少了。

张乐天

张受祜（1882—1974），字乐天，号乐道人、云烟山馆主、听香馆馆主。书法擅甲骨、金文、石鼓、小篆、隶书。精于篆刻。

张乐天是土生土长的开封人。在开封，他也算得上是书香世家了。他的爷爷是清朝的举人，父亲张梦公是清朝的贡生。张梦公在大相国寺旁边设馆课徒，教出了晚清末科亚魁李秋川等一干才俊。

贫寒的家境，让张乐天自幼饱受生活的熬煎。他兄妹八人，油盐酱醋，吃喝穿戴，全靠父亲那张嘴巴支撑着。科举废除，学馆关门，十六岁的张乐天辍学了。不久，入开封石印馆做了学徒。干了两年，升为石印馆缮写，这个时候，他父亲的一个学生拉了他一把，把他保送进了河南简易师范学堂读书。毕业后，直接进了河南省政府做了职员。

命运刚有转机，他就和父亲的那个学生闹翻了。事情的起因其实很简单,那个学生听说他爷爷有一本诗词手稿《藏剑集》,要他拿来一看。看后,提了一个小小的建议,以那个学生的名誉刊印发行,发行所得全归张乐天,他分文不取。张乐天听过这个建议后气得满脸通红,一把抓起那本手稿头也不回地走了。父亲的学生愣在那里半天都没有回过神来。

这一个时期,张乐天练习书法达到痴迷程度,坐在办公桌前常常用指头蘸水背临篆书《石鼓文》。那个学生站在阴暗处,看着张乐天冷冷而笑。一九三四年的春天姗姗来迟,河南省政府在开封举办"河南现代书画展览会"的消息却早早地发布了出来。张乐天异常兴奋,他的整个心思,几乎都用在了备战展览作品的创作上了。这次展览,张乐天共有山水画四件、花鸟画三件,书法有大篆一件、行书两件入展。展览刚一结束,父亲的那个学生就把他叫了过去,摇晃着手里的几页纸说:"检举你的!"便以耽于书法影响公务为由解雇了他。看着张乐天离去的背影,父亲的学生淡淡地说:"我可以给你个饭碗,同样也可以给你砸碎!"

迈出省政府的大门,张乐天只有一条路可走了:卖画!他是艺术领域的一个通才,于书法,真草隶篆行都有着很深的造诣;于绘画,山水、画鸟皆精,人物也能来几笔。这次全省的书法大展说明了这一点。早些时候,张乐天在篆刻上也曾下过苦功夫。他的篆刻,上溯秦玺汉印,下涉明清诸家。尤其对吴让之用功犹勤,颇有心得。若干年后,我在京古斋曾见到他用青田紫檀石刻的朱文"焦氏应庚之印",与吴的朱文印几可乱真。一九三七年西泠篆刻名家方介堪陪同他的老师丁辅之游历到开封,对张乐天的篆刻一见钟情,便请张乐天治名章"方岩"一枚。方介堪原名方文渠,后改名方岩,字介堪,以字行,其名倒几乎被人忘却。印刻好,丁、方二人大为赞誉,由方介堪出面在开封"又一新"饭店宴请张乐天作为答谢。丁辅之出席了这次宴会。

丁辅之给张乐天留下一封信函,让他持函去上海拜访书坛泰斗吴昌硕,或许对他的篆书和篆刻都不无裨益。秋风乍起的季节,张乐天拎着两只寺门老白家的桶子鸡坐上了东去的列车。到了上海,由于秋老虎肆虐,那两只桶子鸡已经有了异味。在一家小客栈里,张乐天就着白开水吃完了那两只鸡,连夜坐火车又回到了开封。这一次,虽说没见到吴昌硕,但他用身上全部剩余的钱买了一本新刊印的《吴昌硕临石鼓文》法帖回来。坐在自己的家中,张乐天开始揣摩起这本从上海买回来的法帖。一天深夜,他对着这本法帖忽然狂笑不止,黎明的时候才趴在书案的一角睡去。《河南近代书法概览》一书对张乐天之后的篆书评价说:"大字石鼓左右参差取势,简穆高运,苍润不俗,酷似枯树春深著花。"也有评论家站出来,拿他的石鼓篆书和吴昌硕做了比较:吴书拙中有巧,而张书巧中带拙。于吴昌硕之外,可谓另辟蹊径。

张乐天曾写过一篇《自叙》的文章,透露了他从艺的大致

　　晚年，张乐天在开封书店街景古山房门前摆了一个小摊儿，清瘦的身躯穿着一件满是补丁的长衫，已看不清是什么颜色的了。

途径。他说：“吾诗、书为先父家传，画学乃生性所近。”诗歌一技，是那个时期文人的童子功，自小必须修炼的。张乐天的诗歌，不见结集传世，今天已很难窥其全貌了。他曾与夷门名士关百益、许均，相国寺净尘大法师等结“艺林雅集社”，但也没有发现他们之间有什么诗词唱和之作。张乐天的诗歌，今天能见到的，只有寥寥几首题画诗了。譬如《题秋林读书》：“秋高红树老，日冷青松秀。”《题深山古寺》：“巍巍千古寺，数里入云峰。”有唐人风韵，深得王摩诘神髓。

一年后，张乐天退出艺林雅集社。因为他真切地认识到，诗歌不能当饭吃，他得靠卖画来养家糊口。起初，他的画风走的是黄子久一路，作画时用笔很大胆，把浓墨用到了极致，这些画 画出了他对自然物象的认知和感受。然而，画挂到京古斋等字画店里，过一阵子去看，还依然纹丝不动的挂在那儿。很是困惑。净尘大法师对他说：“要为艺术，你为自己画；要为生计，得为世俗画。”张乐天如醍醐灌顶，改学王蒙、王石谷诸人，画风为之一变。

此后的十年间，张乐天的画风靡汴上。他画室的门口，常有数家字画店的伙计等候。为争到他的画，字画店之间常常哄抬画价。博雅轩和古天阁的伙计为争夺他的画曾大打出手，为此瘦弱的博雅轩伙计被对方一拳打落了两颗焦黄的门牙。新中国成立后，开封市政协工作人员和他闲聊时，他无限怀恋地说：“当年我凭着一支笔，挣下了九处院落，上百亩的良田！”但是，他避而不谈的是，他的院落和良田后来都被分给了翻身得解放的劳苦贫民。为此他还戴上了资本家的帽子，让他在以后漫长的岁月里受尽苦头。

晚年，张乐天在开封书店街景古山房门前摆了一个小摊儿，清瘦的身躯穿着一件满是补丁的长衫，已看不清是什么颜色的了。小摊上胡乱摆放一些廉价的青田石和他自己画的书签、折子之类。画的内容很单一，淡墨画个山头，在远处勾几只飞鸟，然后题上"望断南飞雁"字样。这些物什都很便宜，大都是几分钱一个。然而，极少有顾客来到他的摊前。

除非下雨，他每天清早出摊，黄昏收摊，颤抖着花白的胡子，孤苦伶仃的，在摊前一坐就是一天。

朱芳圃

朱芳圃（1895—1973），号耘僧，河南大学教授。书法以甲骨文为主。

朱芳圃九岁的时候，随母亲到老家醴陵南阳桥乡的召庆寺上香，半道里碰到一个云游僧人。那僧人鹑衣百结，手里摇着一柄破旧的芭蕉扇子。他抚摸着朱芳圃梳得整齐的英姿头说："此子慧根不浅，不如跟了贫僧去，他日定成一代高僧！"朱母惶恐地看着僧人，把朱芳圃紧紧地抱在怀里。僧人叹道："尘世颇多坎坷，一生谨记避武趋文，或许能少受熬煎。"临走，僧人给朱芳圃送了一个别名：耘僧。

晚二年，朱芳圃考入湖南第一师范，与润之先生同班。毕业后，又一起到长沙岳麓山下的湖南大学筹备处实习帮忙。后来，润之先生写信让朱芳圃投身革命，朱芳圃隐隐想起少年时游僧的告诫，便回了一封长信，断然拒绝。

一九二四年初夏，朱芳圃考入清华大学国学研究院，做了国学大师王国维的弟子。四年后，学业期满，朱芳圃受聘到开封的河南大学，出任文学院教授。在这里，他结识了史学大家董作宾，二人颇能谈得来，遂引以为知音。不久，董作宾调入北平，到北京大学国学研究所任职去了。

一九二八年，董作宾受命到安阳殷墟发掘甲骨文，他专程回了一趟河南大学，点名让朱芳圃代表河南专家参加挖掘工作。也是这次的相遇，使朱芳圃的下半生与甲骨文结下了难解之缘。

如果从一九二八年董朱河南大学相遇算起，到一九三七年将近十年的时间里，朱芳圃与董作宾一道，先后十五次奔赴安阳殷墟，参加甲骨文的发掘工作。严寒酷暑，冷风凄雨，甘苦难以表述。

这十年里，朱芳圃出版了两部有关甲骨文的论著。一部是一九三三年出版的《甲骨学文字编》（商务印书馆）。此书最先提出了"甲骨学"这一学术概念，傅斯年看重的史学大家胡厚宣在他的《五十年甲骨学论著目》中说："率先以'甲骨学'用于论著标题的，是朱芳圃先生。"第二部甲骨文专著，书名为《甲骨学商史编》，一九三四中华书局出版。这两部书反映了甲骨学殷商史学科早期的发展情况和研究成果，成为后人研究甲骨文时所绕不过去的工具书。

因为这两部甲骨文专著，朱芳圃成了与郭沫若、罗振玉、商承祚齐名的专家。在《甲骨学文字编》这部著作里，集可以辨认的甲骨文字 834 个，较罗振玉的《增订殷墟书契考释》增加了 274 字，较商承祚的《殷墟文字类编》增加了 129 个字。

日寇侵占开封那几年，朱芳圃几乎不问世事，他躲进书斋，于一九四一年写出了千古奇文《殷契卜叹考》，发表于《学术论丛》杂志。这是抗战时期创办的全国唯一一本公开学术刊物。

这篇文章里他探讨的问题让人一睹难忘。题目中的"殷契"，在他看来是殷墟书契的简称，而殷墟书契也就是指殷商时期的甲骨文字。他研究得出，甲骨文的一大功能就是用来占卜，而一条完整的甲骨卜辞应包括如下几个部分：叙述占卜的日期和占卜人，所占卜的事情，占卜人判断吉凶的言辞，应验与否。

他列举了下面一段甲骨文作为例子：

甲申卜，殼贞："妇好娩，嘉？"王占曰："其惟丁娩？嘉：其惟庚娩？引吉。"三自又一日甲寅娩，不嘉，惟女。

甲申卜，殼贞："妇好娩，不其嘉？"三旬又一日甲寅娩，允不嘉，惟女。

这则卜辞告诉人们，占卜的日期是甲申这一天，占卜师是一个名叫"殼"的人。而占卜的对象是殷王，他——殷王的妻子妇好要分娩了，看是不是吉利？占卜的言辞是：若在丁日分娩，是吉利的；若是在庚日分娩，那将会非常的吉利。

　　将近十年的时间里，朱芳圃与董作宾一道，先后十五次奔

赴安阳殷墟，参加甲骨文的发掘工作。严寒酷暑，冷风凄雨，

甘苦难以表述。

这次占卜应验没有呢？

妇好没有在丁日分娩，也没有在庚日分娩，而是在甲寅日分娩的。结果是"不吉利"的，因为是生了个女儿。

晚年，朱芳圃在研究甲骨文时，偶然发现中国古典神话与殷契之间有着千丝万缕的联系，这一发现让他连续三个晚上彻夜未眠。他不顾年事已高，开始了对《山海经》《拾遗记》的研究。

由于长期伏案在昏黄的电灯泡下读书写作，他患上了严重的眼疾，一尺之外，看什么东西都是模糊的。一九六三年，他回到阔别数十年的故乡醴陵养病。养病期间，他仍然没有间断对远古神话的研究。不久，书稿《山海经补注》《古史新铨》问世。一九七三年九月二十四日，朱芳圃因脑溢血辞世。

去世前，他托付家人和弟子整理出版《朱芳圃文集》以了心愿。一九八三年，弟子王珍整理出版了他的遗著《中国古代神话与史实》一书。至于《朱芳圃文集》这件事，虽几经努力，终因种种缘由，至今仍未能整理出版。

王友梅

王作梅（1887—1950），字友梅，以字行世。擅隶书。

王友梅的书法启蒙来自父亲王觐侯。黎明时分院子里传来第一声鸟鸣的时候，王觐侯就会把年幼的王友梅吼起来，拎把戒尺督促他进行一个半时辰的临池日课，日日如此。王觐侯不是私塾先生，那把戒尺是专门为王友梅准备的。在这把棕红色的戒尺下，王友梅打下了深厚的翰墨基础。以致若干年后，当书坛泰斗于右任在夷门见到他的隶书墨迹时，大呼："速引见此人！"一时成为夷门书画界佳话。王觐侯是清朝贡生，这个贡生经商方面是一把好手，他虽说居住在老家泌阳县城，但在开封、郑州都开有店铺，而且生意兴隆。王觐侯生有四个儿子。长子七八岁时得天花死掉了。二儿子少年淘气，上树掏鸟窝摔瘸了腿，走路一拐一拐的，长大后街坊邻里都喊他"王拐子"，"王拐子"于深秋的某日黄昏进山访道，就再无踪影。王友梅是老三。老四叫王友琴，毕业于北京大学。

　　王友梅王友琴这兄弟俩曾创下过一个神话。不妨先把这个神话提前交代一下：一九二五年六月二十三日，王氏兄弟同时被国民政府委任为县长。王友琴出任南阳新野县县长，王友梅则去了豫北，做了河北道修武县县长。那些日子里，王觐侯每天都在梦中笑醒，然后捧着个二尺长的水烟袋在泌阳的大街上转悠。然而这种深含炫耀意味的转悠没能持续太久。王友琴病倒在新野任上，后回到故里泌阳疗养，一年后病逝。弟弟的故去使王友梅受到很大的打击，一夜之间白了两鬓。他常常夜半时分披衣下床，在县衙的院子里怆然而行，对着满天星辰慨叹命运的无常。这个时期，他的书法字里行间处处跳荡着神秘的音符。

　　王友梅十九岁时考入北京高等筹边学校，这个位于辟才胡同的高等学堂，主要教授满文和蒙文，培养满族蒙族人才。王友梅怎么会考进这么一个学校，至今仍然是个谜。在这个学校读了四年书后，王友梅来到了开封。在开封不到八个月的时间里，他参与发起了两个重大活动：一个是全省的请愿豁免田赋联合大会；另一个是致电省政府，对当局地丁银折改银元一事提出强烈抗议。这两件事令王友梅在开封声名大噪！

　　一九一七年五月，于右任由北京出发，第一站到洛阳，然后西入长安，他的使命是策动井勿幕、张钫、胡景翼等人，举行起义以推翻北洋军阀的统治。不久，于右任走陇海线东赴上

　　于右任先是对王友梅的书法大为赞赏，认为足

可以执开封书法界牛耳！然后建议他涉猎一下《龙门

二十品》，说对他必将大有裨益。

海，在开封稍事停留，并经人介绍结识了王友梅。于右任先是对王友梅的书法大为赞赏，认为足可以执开封书法界牛耳！然后建议他涉猎一下《龙门二十品》，说对他必将大有裨益。临走前，于右任把王友梅介绍给了中华革命党（国民党前身）开封领袖胡英介，吸收他为党员。

这次短短数小时的会面，看是平淡无奇，但它却决定了王友梅后半生的命运。

一九二四年，王友梅参加了在广州举行的国民党第一次代表大会。当"联俄，联共，扶助农工"三大政策刚一确立，王友梅第一个站了起来，紧握拳头高喊："万岁！"这次会议上，王友梅与鄂陕边绥靖督办刘镇华结识，二人都大有相见恨晚之意。一九三二年，王友梅受刘镇华之邀，由开封奔赴南阳，出任唐河、桐柏、泌阳三县联防主任。他的任务就是负责剿灭三县边界日益猖獗的大小各股土匪。一天黄昏，王友梅接到密报，说有小股土匪将夜袭唐河赊湾大户马大牙家抢粮，马大牙已成惊弓之鸟。王友梅率部卒埋伏在马大牙家四周，夜半时分，果然有一小股人马闯入埋伏圈。枪声大作，对方仓皇遁逃，只捉住一个负伤壮汉。壮汉大骂不已。王友梅对手下的一个络腮胡子说："让他住口！"络腮胡子走过去，掏出匕首，一把将壮汉的舌头割了下来。壮汉抬起头，满嘴鲜血吐在络腮胡子脸上。络腮胡子大怒，砍下壮汉头颅，弃之荒野。

很快，王友梅就弄明白了，杀掉的那个人并不是什么土匪，而是共产党唐河县委委员吕秀甫。他十分不安，怀疑已落入一个陷阱中。他找到大学者冯友兰，倾诉自己内心的惶恐。在冯友兰的斡旋下，他见到了八路军少将彭雪枫，向这位将领做了详尽的解释。

抗日战争爆发。王友梅在抗战中认清了国民政府腐败的面目，淡出政界，回到开封做了《大公报》驻开封站记者。一九四六年，河南省参议会二次会议召开，王友梅作为议员参加了这次大会。会上，他措辞严厉地抨击了政府部门的贪官污吏，说这些蠹虫最终会使国民政府的大厦轰然倒塌！第二天的《大公报》以"敢直言的河南省参议员，刘恩茂一气回巩县"为题目，刊发在头版头条。该期报纸投放市场第一天，即被抢购一空。

日寇投降，王友梅回到了泌阳。开始替父亲王觐侯管理王家的一千多亩土地，他的管理模式颇为新颖，王家出种子让佃户耕种，秋天收成后五五分成。隔一年，泌阳发生大饥荒，饿殍遍野，而王家佃户却无一人饿死。

一九五〇年旧历年末，王友梅正在家中为左邻右舍写春联，忽然闯进来一班挎着枪的人将他逮捕。第二天就召开了公审大会，宣布了他的死刑，紧接着把他枪毙在泌阳城外的荒野中。枪响的一刹那，他喃喃自语道："有些账终究是要还的！"

李
锡
恩

李锡恩（1854—1939），字晋三，工隶书。

李锡恩是李元培的长子，他下边还有两个妹妹和一个弟弟。李元培是清朝同治七年的进士，家教很严。李锡恩一生下来，注定要在四书五经书堆里长大。在胭脂河街北头路西的那进小院落里，年幼的李锡恩常常陷入沉思。幻想着跑到田野里去捉蚱蜢，爬到高高的榆树梢头去掏鸟巢，或者跳进城墙外的小溪里去摸鱼儿。往往这个时候,黑着脸的父亲就会出现在他的面前，更加严厉地督促他背诵"子曰诗云"，或者研墨临写古人法帖。

无数个早晨，当李锡恩搦管临帖的时候，他父亲李元培就会不厌其烦地告诫他："看仔细了，用心临，字是读书人的脸面！"奇怪的是，读古圣贤书，他时常会跑神儿，而临习前贤法帖，无论临多长时间，从来都没感到累过。

在李元培看来，读书为的就是出仕，他督促李锡恩尽早参加科考。光绪五年，李锡恩参加开封府院试，考中第三十九名秀才。光绪九年，参加河南省乡试，中倒数第五名举人。尽管如此，李锡恩还是在开封府名声大震，胭脂河一带，凡是有什么重大事情发生，处理这些事件时，管事的都会邀请他坐镇。

一天黄昏，开封城三大绅士之一的王慰春找上门来。王慰春得到一幅瘿瓢子的《八仙图》，要李锡恩给画配一副对联，配得满意，会给一笔丰厚的酬劳。李锡恩没有像以往那样，用他的拿手隶书简单地写上一副对联了事，而是围绕八仙手中的法宝动起了脑筋。他把八件法宝等分为二，上联写四件法宝，下联写另外四件法宝。联撰好，是副长联，上下联的内容各二十个字。这么多的内容写四尺对联，是个大难题。字写得大了，肯定三分之一的内容都写不下；字写得小了，又和《八仙图》不匹配。李锡恩心生一计，他将二十八个字分为七组，每组四个字，然后用小隶书写了。对联写好，猛地看上去是一副七言对联，近前细看，才发现每个方方的"字"都是由四个字组合在一起的。美观而又独出心裁。王慰春大喜，四处宣扬，这件事成为当年省城开封的一大奇谈。

中进士后，李锡恩虽然有了出仕的资格，但一直没有得到清朝廷的委任。他父亲托人去上边活动了几次，也无任何结果。后来，清朝最后一个皇帝下台，李锡恩的官宦梦破灭了，他为此大病一场，人整个颓唐下来。这个时候，王慰春伸手帮了他一把，在御街附近给他开起一个古玩店，起名叫"壶天阁"。

李锡恩本来对古玩字画这个行当就不陌生，接手壶天阁后，他很快痴迷进去，并且喜欢上了收藏。

他对图书的版本产生了浓厚的兴趣。晴朗的天气，他会让小伙计照看着门店，自己去旧书摊上转悠，见有相中的古版书籍及早几年出版的报纸杂志，一一收入囊中。这成为他生活中的一大乐事。李锡恩去世的时候，后人整理他的这些旧书刊，发现各种版本的旧书达二万六千多册，其中宋代的经书、明代的珍本、善本一百九十余部。他的后人把这些书刊捐献给了河南图书馆。

在一段时间里，李锡恩喜欢上了"墨拓"。他投到相国寺了尘禅师门下学手艺，这是一门高难度的技艺，操作起来极为复杂。了尘禅师是中原"墨拓"高手，几与北京琉璃厂墨拓大家薛学珍齐名。了尘告诉他，"墨拓"的对象有刻石、吉金、陶土三大类，其中造像、钟鼎等比较难拓，这些原物的形状都是不规则的，有各种弧度，而且都是阳文，上纸锤墨殊为不易。

过些日子，在了尘禅师的指导下，李锡恩开始了他的第一次操作。拓东西最难的是上墨，太浓太潮都不行，以七成干为佳。上墨时用绸布包新棉花扎紧，把墨用笔涂在碗盖或小瓷碟上，用棉花包速揉，然后拓在纸上。墨要上足，等纸干了，轻轻掀起，一张拓片就算完成了。一纸拓片拓下来，李锡恩鼻尖上挂满了汗珠。

一天闲暇，李锡恩忽然问了尘禅师："活的东西能拓吗？"

了尘禅师没有回答他，双手合十，打了一声佛号："阿弥

　　在黄河里以打鱼为生的耿长生给李锡恩送来了一
条活鱼。这条鱼叫黄河鲶鱼，鲶鱼头鲤鱼身子，只有
兰考东坝头一带有这种鱼，十分罕见。

陀佛！"

　　一九三五年夏天，在黄河里以打鱼为生的耿长生给李锡恩送来了一条活鱼。这条鱼叫黄河鲤鱼，鲶鱼头鲤鱼身子，只有兰考东坝头一带有这种鱼，十分罕见。如果运气不好，一个渔民打上一年的渔也难得打上两条来。耿长生送鱼，是为了答谢李锡恩，早些时候他在开封城卖鱼，遭到两个赖皮混混的殴打，是李锡恩解救了他。

　　头天下午，李锡恩给好友孔广杰和袁鼎送去了请柬，约他们第二天上午来家里吃鱼。第二天上午，天忽然下起了小雨。李锡恩无事可干，踱步到厨房门口的瓦瓮旁，掀掉瓮盖，去看那条怪鱼。那条鱼在瓮内悠闲地游着，浑然不知大难将至。

　　时间还早，请的厨师也还没到。李锡恩忽然冒出个念头，他要将这条鱼放生。放生前，他想给这条怪鱼拓几张"墨拓"。这东西是活的，又蹦又跳的，不好拓。他喊来两个儿子帮忙，费了好大劲，总算拓下来三张。勉强满意。他让一个儿子把鱼用水箱装了，拿到城北的黄河黑池口去放生。

　　李锡恩从那三张鱼拓中挑出两张，坐到桌子旁边，研墨，然后用兼毫湖笔在上面题了长跋。吃鱼的人来了。他很抱歉地看着那两个人，说："鱼没有了。"又说："不会白让你们跑一趟。"就把两张题着长跋的鱼拓递了过去，一人一张。

　　孔广杰接过来，展开看了看，说："吃鱼变成了看鱼。"

　　三个人都笑起来。

郦禾农

郦禾农（1857—1940）字嘉谷，号恶叟，书法四体皆擅，以隶书为佳。

郦禾农祖籍浙江绍兴，但他本人却是在夷门出生，在夷门长大成人的。成年后的郦禾农满口的开封话，倒一句绍兴话都不会说了。他于一九一○年的春天回过绍兴故里一次，那是一个离绍兴有着一百余里地的小村落，三面环水，一面修竹，十分的幽雅。就是在这个风景如画的村庄里，语言上的差异让郦禾农出尽洋相，本应倍感亲切的乡音在他听来是那样的陌生，有恍如隔世之感。

一九一五年五月，郦禾农离开夷门出任辉县知事。上任不久，辉县闹蝗灾。蝗虫成群结队从天上飞过，遮天蔽日。蝗虫落到庄稼地里，犹如春桑蚕落于嫩叶上，啮咬之声沙沙可闻，好似下了一场细雨。蝗虫过后，大片大片的庄稼被啃咬精光。

郦禾农率领衙属深入村镇，仿效姚崇灭蝗之法，夜里让村民在庄稼地头燃起篝火，旁边挖好大坑。蝗虫黑暗中看见火光，纷纷飞拢过来，葬身火海。

因为灭蝗有功，郦禾农受到了嘉奖，当局授予他四等嘉禾奖章。这种奖章设立于一九一二年七月，共分九等，后来有少许的变化，上面绘着嘉禾的图纹，象征着禾稻的丰收。

第二年冬天，郦禾农被重新调回省城开封，大半年没有具体事可干，到了年底，一下子又成了炙手可热的人物，先是督军署聘他做了顾问，紧接着省长公署又聘他做了顾问。可是不久，这两大衙门就解聘了他。据说，他做了顾问后，联系了一批地方名士，隔三岔五地给相关部门上书，让他们多关注一些民间疾苦。

无官一身轻。赋闲以后，郦禾农把全部精力都投诸到了书法上。

郦禾农的旧居，是在开封前炒米胡同东头路南，旧时门牌37号。这是一个通街大院，前炒米胡同是北大门，大院还有一个南门，在裴场公胡同上。进到37号大院，可见又分成了东西两个小院，郦禾农就住在东边的这个小院子里。每次进来出去，郦禾农都是走北边的这个大门，从没有人见他走过南边的门。

如果细分，东院又分为前后两进，靠里面的那进房屋，是一家人的住处；外面的这进房屋，是郦禾农的书房和会客的地方。

　　早晨六点起床，走到院子里，做半个小时的八段锦，

活动一下筋骨，接下来去井里汲水浇花。

每天晚饭后，郦禾农在书房看两个多小时的闲书，十点的钟声一响，他准时上床睡觉。晚上他很少外出，只有邹少和来喊他看戏时例外。早晨六点起床，走到院子里，做半个小时的八段锦，活动一下筋骨，接下来去井里汲水浇花。他养了很多花，瓜叶菊、合果芋、朱蕉、红掌、紫背万年青等，品种都很普通，都是市面上常见的花。早饭过后，他就踱到书房，坐到书案前，开始研墨。墨研好，铺上宣纸，先不急着捉笔，要读一阵子帖，读出一点感悟来，再下笔。练得累了，坐下来，把对书法的感悟记录在一个装订好的册子上。郦禾农有收藏字画碑帖的习惯。吃过午饭，小憩一会儿，睡醒起来，就拎起他的核桃木拐杖，去御街附近逛古玩铺子，看有没有可收的字画碑帖。

阴雨天气，他会约上武玉润，到汲古阁下围棋。汲古阁是夷门最大的古玩店，店里有一副围棋，店主说是从清朝皇宫里流出来的东西。武玉润时任河南图书馆馆长，是夷门公认的围棋高手。

平时，郦禾农喜欢喝上几杯酒。有文字记载说他的酒量很大，从来没有醉过。但他不喝白酒，只喝绍兴老黄酒。喝酒时炒两碟素菜，省事了，就去院门口的"陆稿荐"买几两盐霜豆做下酒菜。

郦禾农身高一米八，皮肤稍黑，牙齿洁白如雪，性情温和，言语幽默。但他对他的弟子却很严厉，要求他们写字时要坐得端直，笔杆要握紧，凝神聚力，排除一切杂念，创作出的作品才能气韵畅达。他建议每个弟子都要有十枚以上的印章，他说印章是作品的眼睛，印泥最好用苏州姜思序堂的朱　印泥。盖印泥要用印规，写过字要把笔洗干净。他的弟子中后来成名的有武大椿、杜瑞琳、侯绍仁等。

民国夷门书坛，郦禾农是一重镇。他诸体皆擅，尤以隶书为时人称道。他的隶书，以汉碑《礼器》《史晨》《曹全》三家为根基，然后博取清人邓石如、陈鸿寿、金农等诸家之长，融会贯通，逐渐形成了自家的面目，给人以方正遒劲、雍容古雅的感觉。他很少写篆书，岁月沧桑，夷门市面上更是难得一睹他篆书墨迹的庐山真面目了。现在唯一能见到的，是他晚年为武玉润书写的墓志篆书碑盖，此盖篆书自然而不失法度，浑厚之中透出洒脱，是一件难得的艺术珍品。现珍藏在武玉润的孙女武延彬处。

郦禾农传世的书法墨迹以隶书为最多，其次是行草书，再其次为楷书。传世墨迹的形制依次为：对联、扇面、条幅、中堂、斗方、四扇屏。一九四九年前后，郦禾农流传到夷门市面上的墨迹大概有千余件，那时还有人开玩笑似的说他是"夷门第一高产书法家"，可是到了今天，他的传世墨迹已不足百件了。

郦禾农一生无子女，八十一岁的时候，将他六哥的长子过继到了自己的膝下。六哥的长子名笃厚，人和他的名字一样，憨厚老实，一说话就挠头，他一生注定和书法无缘。他过继到

37 号大院后的两年头上，郦禾农去世。郦笃厚为叔叔摔了老盆，并把他安葬在了大梁门外。

清理遗物时，在一个四方形的漆匣里，郦笃厚发现了叔叔的一部手稿。封面上郦禾农用隶书写下了四个字：翰墨拾遗。郦笃厚来回地翻了翻，见里面没有夹带什么字据，就顺手卖给了小南门里收破烂的。

武
慕
姚

武慕姚（1900—1982），名福鼎，以字行。自号拙叟、瓶翁等。擅各种书体，尤擅草书。

文化名家施蛰存在他的《北山虞诗集》一书中，写了一首题为《夷门三子墨妙歌》的诗，其中的一子，就是武慕姚。一段时间里，武慕姚收集了大量的碑帖，准备写一本名叫《北碑南帖论》的书。为写这本书，武慕姚可以说是耗尽心血，吃饭、走路，甚至晚上睡觉做梦想的都是这本书的事。

也是在这段时间内，施蛰存一连给他来了好几封信，对北碑南帖风格的界定及二者相融合的途径等诸多问题进行探讨。施蛰存的信都写在自制的信笺上，素净而别出心裁，武慕姚一见爱不释手，把这些信函用一个小乌木匣子贮藏起来。

写作艰难有序地进展着。有一天，一件细小而琐碎的事情搅乱了这种宁静。那一天，武慕姚坐在窗前，面对淡黄色的稿纸，感到文思空前枯涩。恰在这时，院子里传来了嘈杂的声音。这是一个大杂院，住着五六户人家。其中一家是屠户，户主程大胖子正站在当院，用一双油光光的手紧握一把铁锨，他要在公共场地上挖一粪坑，好把他宰猪时的粪便、血污及退下来的猪毛排进去。

那几户人家慑于程屠户平日的蛮横，敢怒敢言而不敢出面制止。武慕姚隔窗目睹了这一幕，一股无名的火气"腾"地就冲到了头顶，他像发怒的豹子一般冲出屋门，冲到程大胖子面前，伸手就去夺程大胖子的铁锨。程大胖子开始有些吃惊，愣住了，很快他就扬起油腻的巴掌，照武慕姚脸上扇下来。

武慕姚的眼镜被扇落在地，霎时，整个世界一片黑暗。

这一掌雷鸣般地击在武慕姚的耳畔，瞬间让他明白了北宋灭亡的原因。当文明遇到野蛮的时候，就像美丽的冰雕撞上了花岗岩，只会有一个结果：粉身碎骨。

粪坑很快挖成了，粪便和血污的浊气在夏日的微风中肆虐飘荡。

武慕姚再没有著《北碑南帖论》的兴趣。

很快到了冬天。武慕姚病倒了，躺在病榻上，他总是闻到那种烫猪毛的味道。一闻到这种气味，他就不思饮食，喝口米汤都会吐出来。

来年春上，武慕姚在北京中国大学求学时的老师邵次公来到了开封，出任河南大学国文系主任一职。当年离开北京的时候，邵次公曾执着他的手说："有缘自会相见！"不想这句话

　　这件事对武慕姚无疑是当头一棒，让他无缘由地联想到程屠户的那记油腻的耳光，重新燃起的著书兴趣一下子又消失得无影无踪。

果然应验了。武慕姚拖着病体去拜见了邵次公，师徒二人谈得很是投机。

武慕姚的病慢慢地好起来。不久，邵次公聘他到河南大学国文系讲授版本目录学。出乎意料的是，在河南大学他碰到了好友范文澜。当年，中国大学毕业后，武慕姚应聘到察哈尔第五师范任过一阵子国文教员，在这里他结识了范文澜和郭凤惠，三人志趣相投，遂成莫逆之交。范文澜劝他重著《北碑南帖论》，并说："现在著书恰当其时！"

武慕姚也动了这个念头。回到住处翻出了原先收集的资料和写了前两章节的《北碑南帖论》草稿，开始重新谋划写作方案。对于资料的薄弱环节，他授课之余多次到河南大学图书馆进行查找补充。

正当武慕姚一心想重著《北碑南帖论》的时候，邵次公因与一女诗人的桃色事件东窗事发，被女诗人的丈夫在河大校园当众扇了耳光，不堪受辱吞食鸦片自尽。这件事对武慕姚无疑是当头一棒，让他无缘由地联想到程屠户的那记油腻的耳光，重新燃起的著书兴趣一下子又消失得无影无踪。

接下来的数年间，因为抗日战争，武慕姚避居南阳深山之中。这期间他先后著成《安陵游草》诗集一部，《清水觚谭》《既椎闲谐》学术专著二部，唯独《北碑南帖论》一书，只字没有进展。

抗战胜利后，李培基出任河南省政府主席。李与武慕姚是旧交，他想邀请武慕姚去杞县做县令，遭到拒绝。武慕姚拒绝的理由在今天看来近乎荒唐，他给李培基的信中这样说："你我现在是朋友，平起平坐，一旦我做了县长，成了你的下属，交往起来心理上就有了障碍。"信的末尾又说："我不想因为一个县令而丢失一个朋友！"

写这封信的时候，武慕姚正在南阳石佛寺任教。他刚刚给学生讲完庾信的《哀江南赋》。他讲得声泪俱下，学生听得群情激昂。窗外，恰有一字北雁南归。

新中国成立后，武慕姚重新回到省城开封，调入刚成立的河南省文史研究馆任职，负责古代字画、历朝典籍版本及碑帖的鉴定与研究工作。这期间，他精读古代典籍四百余部，为六千多种碑帖作了归类与题跋。一个夜阑人静的冬夜，他躺在床上辗转反侧难以入眠，他再次动了著述《北碑南帖论》的念头。

不久，一场运动如潮水一般涌来。很快，就有一群年轻人闯进武慕姚家中，将他多年苦心收藏的碑帖资料、古今典籍一股脑抄了去。一个如花少女看见了那个盛有施蛰存信札的小乌木匣子，打开看了一眼，撇了撇嘴，顺手扔进了抄书用的旧麻袋。这些东西被运到开封鼓楼广场，一火焚烧掉了。

武慕姚心疼无比，一连卧床几天后，从此开始养花遛鸟，或者练上几笔书法，再不然独自小酌两杯，喝到微醺，还会哼上几句"祥符调"。

他再不提著书一事。

萧亮飞

萧亮飞（生卒年不详），名湘，字雪樵、亮飞。生于开封。擅楷书。

在诗人身上，什么事情都有可能发生。"夷门十子"之一的萧亮飞，是民国期间与袁祖光、曾福谦、唐复一等齐名的大诗人。他晚年的时候，曾一度将一把剃头刀视若珍宝。这是一把民国年间很常见的剃头刀，木制的刀柄，一头镶了一块小小的象牙作为点缀。不使用的时候，刀子可以合到木柄里去。再普通不过了。

每天清早起来，萧亮飞都要在磨刀石上磨这把剃头刀子，每次磨一袋烟功夫，然后用大拇指试试刀刃，合起来，放进口袋里。他的这把剃头刀子，不是用来剃头的，他有别的用途。

萧亮飞有一个癖好，他不喜欢大块吃肉，却喜欢吃骨头上面残留的肉筋，而这些肉筋不大容易吃到嘴里去，也很难弄下来，他就用这把剃头刀子将这些肉筋一点一点地剔下了，拌上蒜汁，然后吃掉。

年轻时的萧亮飞喜欢游历，结交了一大批文人雅士。曾与袁寒云游历大伾山，在赢壶天吟诗唱和。赢壶天又称阳明书院，山门上的那块"霞隐山庄"横额，就是萧亮飞的手书。这块匾额今天已然成了阳明书院的镇院之宝。

在夷门，萧亮飞与"十子"中来往最多的，是朱祖谋、黎献臣二人，他们常常聚集在朱祖某的"浅山书房"，饮酒、品茶、赋诗。这段时间，是萧亮飞诗词创作的高峰期，前后写有近千首诗词，大都收入在《千一楼诗草》《兰陵忧患生京华百二竹枝词》二部诗集中。

作诗填词之余，萧亮飞还喜欢涂抹几笔。他的书法，最初师法颜真卿的《自告奋身》，后参入清末华世奎的笔意，已具个人风格，只是与他的诗词相比，书法显得过于老实了些。他也简单地画一些草虫，荷花、兰草、紫藤，画得都很飘逸，倒和他的诗词风格相近。他最拿手的，是画菊花。他画的菊花，形和神都有一种孤傲之气。

能把菊花画到这个境界的，放眼民国夷门画坛，绝没有第二个人。然而，萧亮飞的画名以及书名被他的诗名所掩，竟很少有人知道他是画菊高手。

在萧亮飞身上发生过这样一件事。

有一阵子，萧亮飞喜欢收进一些当地名人字画，闲时拿出来赏玩。做字画生意的马三隔十天半月都会拿着一些字画来他这里兜售。这一天，马三腋下夹着一沓子画又来了。他把画放在桌子上，说："挑挑看，都是名家的！"萧亮飞一幅一幅地看下来，竟没有一件入眼的，不禁失望地摇摇头。

马三一边收拾画作，一边自嘲地说："没关系，有好画了再送过来！"忽然，萧亮飞眼前一亮，原来马三用来包画的那张纸也是一幅画，只是已经破残，看不清画家的名字了。那幅画看上去颇不俗，似乎是一幅佳构。

萧亮飞急喊："慢着，把那张包装纸拿来看看。"

等把残画拿在手里，只细看了一眼，萧亮飞就愣住了。那幅画赫然竟是他不久前画的《寒菊图》。他不禁喃喃自语道："这世人看重的，多是一个虚名啊！"

自此以后，萧亮飞不再收藏字画，也把世事看淡了许多。

有时候，世界就是这么奇妙。似乎是一夜之间，萧亮飞的字画在夷门风行起来，来求他字画的人在他的门前排起了长队。开始，他的字画价位定得很低，只是象征性的收一些。哗啦，开封街头的黄包车夫、打烧饼的、卖牛羊肉烫的，也都找上门来了。时值盛夏，酷热难耐，来人大都拿着折扇让他画扇或者写扇。开封人自宋朝就崇尚风雅，讲排场，手里拿把画扇总比拿把蒲扇子排场多了！

萧亮飞不胜其苦。他对朱祖谋说："我宁愿写两幅斗方也不愿意写一把扇子！"

　　忽然，萧亮飞眼前一亮，原来马三用来包画的
那张纸也是一幅画，只是已经破残，看不清画家的名
字了。

朱祖谋笑笑，说："你提价呀，书法按字算，画菊按朵算。"

萧亮飞在自己的书房挂出了告示：书法每字钱二角；菊花每朵银币半元。先款后画，概不赊账。后面又加一小注，曰：文人本不应言利，无奈，无奈！

不久，开封有名的无赖牛大扁担找上门来。他将一枚银币"啪"地拍在萧亮飞书案上，说："萧大诗人，给画幅菊花！——我只要一朵！"

萧亮飞一愣，接着就明白了对方的来意。他忽然大笑。接着站起身，让牛大扁担坐到自己的椅子上来，然后给牛大扁担泡了一杯茶。牛大扁担端着茶杯，有些不知所措。

萧亮飞说："好，我给你画，一朵菊花半元银币不好收，就不收你的钱了。不仅不收钱，另外再送你一朵梅花，一竿墨竹。"

画完后，牛大扁担一句话没说，拿起画就走了。走到大街上，却又兴奋起来。见了熟人，都要把画拿出来让人家看。说："这画一文钱没掏，萧亮飞乖乖给我画的！"

有个懂画的人细细地看了两眼，笑起来："你这个人，被人骂了还高兴得像捡了个元宝似的！"牛大扁担低头去看画，画面上，除了一朵菊花，一朵梅花，就是那竿墨竹了，再无别的东西，哪里骂了自己？他不禁露出一脸的茫然来。

那人指着画说："最上边的那朵梅花是往下覆开的，墨竹画在了菊花的下边，一是嘲笑你的下作，二是说你这样下去终究是会倒霉的！"

　　牛大扁担脸上一阵红一阵白的，默默地将画收了起来。

邵次公

邵瑞彭（1887—1937），字次公，书法得褚遂良三昧。

黄昏，邵次公喜欢去鱼市口街拐角处的"恍惚"茶馆去喝茶。这家茶馆养了一只肥硕的猫，通体黑色，两眼黄得像金子一样令人心醉。每次见邵次公进来，它都要跑过去卧在他的脚下，然后，用金黄色的眼睛盯着他看。次公就有了抚摸它的欲望，黑色的皮毛犹如绸缎一般光滑，抚摸着它，次公心底就有战栗飘过。

要上一壶茶，斟满茶瓯，刚送到嘴边，就听背后有人在咬着耳朵嘀咕：

"听说了吗？河大一个邵姓教授，不仅是杆烟枪，还是个色鬼！"

"是啊！还和他的女学生搞在了一起！"

邵次公坐不住了。他没有回过头去看那两个人的面孔，只轻轻站起身，走出了"恍惚"茶馆。

深秋的开封街头　，风竟然凉得刺骨。邵次公裹了裹单薄的衣衫，朝火神庙街的公寓走去。来开封的这些年里，他觉得自己精神的囊橐，正一点一点地干瘪下去。

他怀想起一个人来。

早些年，次公是个天下闻名的斗士。那时候，他还在京城，头上顶着一顶众议院参议员的桂冠，一九二三年深秋，曹锟贿选总统，他第一个站出来揭发了这场丑闻。曹锟的部下威胁他说："花钱买选票，总比拿枪顶着你的脑袋让你投票强吧！"次公愤怒了，把曹锟贿选给他的五千银元支票拍照后寄给京沪各大报纸，把贿选事件搅了个满城风雨。

京城待不下去了。为躲避追杀，他先后到过上海和淳安。淳安是他的家乡，在这里，他受到热烈欢迎。碤石师范的学生高举"揭发五千贿选，先生万里归来"的巨大横幅，集体到车站欢迎他。曹锟倒台后，邵次公又回到了北京。北洋政府任命他做教育总长，他坚辞不就，从内心深处不愿再涉足政界。在京期间，先是与友人组建"聊园词社"，相互唱和。后入几所京师大学任教。之所以屡屡变换学校，是因为曹锟的旧属不想放过他，对他实施了多次暗杀。

这个时候，河南大学校长许心武替他解了暗杀之围。一九三一年暮春，许校长聘邵次公出任河南大学中国文学系主任。许校长对他很厚爱，每月给他的薪酬是三百大洋，是河南大学所有教授中薪水最高的。邵次公有吸大烟的癖好，住在学校不方便，许校长就在财神庙街给他租下一处宅院。这处宅院有九间房子，三间作为客厅，三间作为书房和卧室，此外的三间当作厨房和厨师住的地方。来开封时，次公想带家眷一同前往，他老婆不愿意。她说："我不去那个遍地牛二的地方！"

来开封不长时间，许心武就调离了河南大学。尽管相处的时日不多，但每到心绪有了波动的时候，邵次公都会奇怪地想起他来。

为排遣漫长秋夜的孤独，次公与卢前、武福鼒、朱守一等人组织了"金梁吟社"，有一批酷爱诗词的河大学生和社会才俊参加了进来。他还自筹资金，帮学生出了诗词合集《夷门乐府》，几乎是同时，他的词集《山禽馀响》问世，好评如潮。施蛰存专门给他写来了一封信，称他的词："宗花间、北宋，出入清真、白石，甚或过之。"

河南省政府主席刘峙很喜爱次公的词，把他称为"小柳永"，《山禽馀响》里的词，闲来还能背出几首。一个时期，次公成了刘主席的座上宾。

河南省图书馆想刊印一套本省先贤的著作，临下印馆了，才发现经费差了一大截。馆长井俊起找到了次公，想让他去刘峙那里疏通疏通。次公笑着说："分内之事，当尽力！"隔一天 次公拜访刘峙，说起出书的事，刘峙当场就安排属下给办妥了。

刘峙政务之余，也时不时作几首小诗，时间一长，也有一百多首了，他想刊印成册，找人作跋，就找到了邵次公。跋

次公愤怒了，把曹锟贿选给他的五千银元支票拍

照后寄给京沪各大报纸，把贿选事件搅了个满城风雨。

成，竟终篇不题刘诗一字，云里雾里，让人看得糊涂。武福鼐一次问起这件事，次公说："刘某之诗，真不知道该怎么去说。"一个时期，河南颁布戒鸦片令，大街小巷都贴满了告示。次公不予理睬。他吸食鸦片，却不会烧烟泡，常烧伤鼻子，因此他的鼻头总是黑黑的。他黑着鼻头去见刘峙，有人看不过去，提醒刘峙说："攸关政令！"刘峙就慢慢疏远了次公。

一九三五年初，靳志回开封定居。次公与靳志在北京时同为"寒山社"成员，属于旧时相识。两个人重聚开封，自是来往密切，一有闲暇，便相邀小酌。他们二人还有个共同的兴趣，就是书法。次公的书法原来走的是欧阳询一路，这时忽然对宋徽宗的"瘦金体"入了魔，每日临赵佶《千字文》数十纸。靳志看着老友的背影，暗自叹道："次公恐怕将有桃花之劫！"

竟果然被靳志言中。

"金梁吟社"里，有个叫李澄波的女诗人，在尚志女校教国文。本来已经结婚了，她不顾丈夫的反对，硬加入到了社里来。她喜欢读次公的词，读《山禽馀响》，都读出相思来了。每次雅聚，她的目光只追随着邵次公一个人游走。那目光柔得像三月的桃花，次公读懂了这目光，可他选择了沉默。

很快，他们的事情东窗事发，李澄波的丈夫一路破口大骂，旋风似的闯进河大校园。那时候，次公刚刚下课走出教室，一群学生簇拥着他，他说了句什么风趣的话，学生们便清澈地笑起来。李澄波的丈夫就是这个时候走向前去的，他一把扭住了次公的衣领，当着众人的面狠狠扇了他两耳光！

耳光事件后，次公的烟瘾更大，鼻头更黑了。一些旧友同事，都用异样的眼光看他，对他冷淡了许多，交往也日渐稀少。尤其让他伤心的是，他的得意门生武福鼐也不再登他的家门。"金梁吟社"也风吹雨打散了。有一天，他路过武福鼐家门口，这天他阴郁的心情稍稍透出一丝阳光，他走进院去。武福鼐的妻子正在院里喂鸡，见他进来，掇起扫帚疙瘩对着一个老公鸡骂起来："你个好打野食的东西！"

次公默默地退出院门。先前，这个贤惠的女人每次听说他来，都是早早熬好了燕窝粥等着他。武福鼐知道，在北京中国学院教书时，他最喜欢喝的就是燕窝粥了。

李澄波和丈夫离了婚，和次公住在了一起，说等选个好日子，把结婚仪式给举行了。次公木然地点点头。日子一天一天过去，次公的心情也一天一天地坏下去。

又是一个漫天大雪的冬夜，李澄波外出参加了一个诗会。这天夜里，邵次公吞鸦片自杀了。

宋问梅

宋问梅（1884—1963），原名保蘅，以字行。擅楷书。

宋问梅一生佩服的人只有一个，那就是他的祖父宋继郊。他的人生轨迹，也几乎是比葫芦画瓢跟在他祖父屁股后边重走了一遍，但不同的是，后来出现了一个小小的插曲，让宋问梅的名气在夷门民间一下子超过了他的祖父。

若以史学家的态度去考究，我们不得不承认，宋问梅佩服他祖父不是没有道理的。从夷门所有能查得到的史料看，在相当长的一段时间内，宋继郊都可以说是夷门著述最多而又最具传奇色彩的文人。

宋继郊出生在开封城内的旗纛大街，这个名字让人无端地联想到百万雄师中中军大帐前的猎猎大旗，磅礴而豪壮。然而，当宋问梅出生的时候，他们一家已经从旗纛大街搬到了狭窄的大厅门街。宋问梅稍稍懂事以后，常为这两个街道的名字而不能释怀。在他看来，与旗纛大街相比，大厅门街这个名字显得猥琐而庸俗。这也许暗含了某种玄机，宋问梅曾为此忧心忡忡数年，一度不思茶米。

在宋问梅的心目中，祖父是文武全才。早年间，黄河在城北张村决堤，浊浪排空，围城二十一日，宋继郊率族人一百余口在城南昼夜与洪水搏斗，堪称壮举。稍后，宋继郊创办团练，请武术名家董仪庵做团练总教头，在杏花营大败土匪高三橛子。咸丰三年，太平天国的北伐军途经开封，想捎带着攻取开封城。宋继郊率团练众卒与官军一起拒敌，董仪庵深夜独闯敌营，身中数箭而亡。开封城也因此免遭生灵涂炭。

起初，宋问梅在河南国民政府任文职，后几经申请，调到开封市公安局当了一名科长。日寇进攻开封时，宋问梅主动请缨，想组建敢死队出城与日寇决一死战，被上司嘲笑为"蚍蜉撼树"，当场罢免了他的科长职务。

有几年时间，宋问梅着了魔一般，幻想着有一天黄河再度决堤，好让他能像祖父那样在抗击洪水中一展身手。遗憾的是，年复一年，黄河之水东流去，两岸大堤却岿然依旧。

机会终于来了。黄河花园口被炸开的第二年，黄河改道开封城南。开封半座城池遭受水灾。已赋闲在家的宋问梅激动地摩拳擦掌，他想率族人抗洪救灾，可那天到宋家祠堂集合的只有十余个青壮劳力，他们嘻嘻哈哈，一脸的轻浮，当听了宋问梅的意图后，当即有一个青皮后生跳了起来，指着他的鼻子大笑，然后问他："你精神失常了吧？"当族人一窝蜂退出宋家祠堂后，宋问梅独自登上开封的南城墙，望着打着旋东流的黄波浊浪，不禁喟然长叹！

宋继郊一生最大的成就，还是在学问著述上。他的学问是沿着两条线发展的，一条线是诗文写作；第二条线是学术考证。

见诸史料图录的，宋继郊著有十部诗集，但都因没有刊刻，大部分已经佚失了。只有《居学斋诗抄》《颍川集》《西淮集》三部经过中州文献征集处的辑抄才得以保存下来。这些诗或咏怀，或吊古，或纪游，内容很是丰富。从诗里可以看出，宋继郊善用比兴，情感细腻，语言却铿锵峻拔。

每天清晨，宋问梅都要到院子里的老楸树下高声诵读祖父的诗词。每朗诵一次，他就热血沸腾一次。这时，他就会产生一种强烈的创作欲望。他也要像他的祖父那样，以诗书传世。

进行诗词创作，宋继郊有一个怪癖。到得一处，他都会在住处的书案上置一个纸匣子，吟出一诗，就投进去。等小匣子满了倒出来，装成一册，然后在封面上题上名字，收进书柜，以备日后刊印。

宋问梅仿照祖父制作了一个木盒子，用京漆漆了，可鉴人影，很像一件艺术品。他原想作了诗词就投进去，等投满了取出来结成诗集。然而，到年底的时候，木盒子内依然是空空如也。照说宋问梅也没少作诗，有的诗刚刚作出那一阵子还是很满意的，当时就很高兴地投进了小木盒子。常常是到了第二天

　　每天清晨，宋问梅都要到院子里的老楸树下高声诵读祖父的诗词。每朗诵一次，他就热血沸腾一次。

早晨，他读祖父诗的时候，才感到自己写的什么都不是，于是就把木盒子里的诗拿出来，烧掉了。

宋继郊的另一条线，是学术考证。这是一件很枯燥的事，得耐得住坐冷板凳。宋问梅想想都头疼，这一点也就不向祖父学习了。

宋问梅读了祖父著的《历代碑版志略》一书后，忽然对书法和字画鉴赏产生了浓厚的兴趣。于是，他就投在了父亲的好朋友、夷门书法大家王德懋门下学书法。

这一年，夷门著名文人武玉润去世，家人请王德懋书写墓志铭。恰逢王德懋卧病在床，便推荐宋问梅替代自己。宋问梅很认真，每天去武家书写几行，十几天才将墓志铭写好。落款的时候，武玉润的家人不同意落宋问梅的名字，说他没有名气，只能落王德懋的名字。回到家里，拿起祖父的《历代碑版志略》，宋问梅感到一阵羞愧和耻辱。

宋问梅出生的时候，祖父就去世了。他只见过一张祖父年轻时的照片。那时他还是一个懵懂少年。于是，他就按着祖父照片上的形象来装扮自己。可是，若干年后一个偶然机会，他得知那并不是祖父的照片，而是祖父一个朋友的。

张
楸

张楸（1900—1975），号无己叟，书法理论家，擅小楷。

张楸是夷门为数不多的书法理论家，脾气怪异，喜饮烈酒，总是把自己灌得烂醉如泥，常无缘由地朝陌生人咆哮。最苦恼的事情是夷门的书法圈子把他排斥在外，认为书法理论和写字是两回事，你理论再好，字写得不好依旧是被嘲笑的对象！夷门人最讲究实际。

昏黄的灯光下，张楸常常坐在书斋里翻阅那部祖传的明末刊印本《宋笔记大观》，他有一个设想，要从这套书中将黄山谷有关对书法的论述摘录出来，然后加以注疏，刊行于世。在他看来，黄山谷零星的一些书论微言大义，对书法家不读书这种现象的鞭挞深入骨髓，尤其深切夷门书坛时弊。夷门书家重挥毫而轻读书的现象由来已久。后来他写成的这部《黄山谷题跋书论注释》成为他的三部书法理论著作之一。

第二部便是《蔡邕"九势"解读》。张枨常自比作前贤蔡邕。蔡邕一生藏书三万余卷，这个数字让他深感汗颜。在他的书斋里，加上祖传的善本孤本也不足万卷。在这部书中，他另辟蹊径地阐述了自己的观点：与其说《九势》是一部书法理论著作，倒不如说是一部论述"道"与"自然"的道家真言。他甚至认为《九势》应该与《道德经》一起，被称为道家"真经"双璧。第三部是《大醉和微醺对书法的魔力》，在这本只有三十二页薄薄的小册子里，张枨列举了王羲之、张旭、石曼卿、苏东坡等大量实例，来证明酒在书法家挥毫时所产生的魔力，这种魔力具有神秘的力量，来无影去无踪，谁也无法说清楚它。从而得出了大醉适合写狂草，而微醺则适合写行书的结论。在他看来，如果一个书法家从不喝酒，永远处在清醒的状态，那么他的书法也永远进入不了像《兰亭序》那样的最高境界。在这本书的最后一个章节里，他提到了个案米芾，米芾不须喝酒，只要一捉毛笔，马上就能进入"微醺"状态。像米芾这样的奇才，简直就是为书法而降生到这个世上的！

有一段时间，他喜欢上了欧阳修的《新五代史》，并且在读第三遍时明白了欧阳修著这部史书的真实意图。这部书中，欧阳修每写到一个人的死亡时，大都会用"以忧卒"三个字作为结尾，而想就那个时代发表一点什么议论的时候，又往往会以"呜呼"二字作为开端。这五个字让他心惊肉跳，夜半梦境里总是听到它们三两成群地在黑暗中凄厉地啼哭。他真想知道，近千年的时间里，有几人读懂了这五个字？

　　张枨的父亲去世的时候，曾托付给他一件事。他家原来藏有夷门名士常茂徕手抄本《续两汉金石记》一书，有一年他父亲游历洛阳时，身上的盘缠为盗贼所窃，就把这本书押在了龙门庞家，用它换取了返回开封的银两。赎书的日子，张枨只身一人来到了龙门。不巧的是，庞家老掌柜已经故去，现在是小庞掌柜执掌门户。

　　让人没有想到的是，当张枨拿着老庞掌柜立下的字据找到小庞掌柜的时候，对方却拒绝还书，其理由令张枨啼笑皆非。小庞掌柜说："老掌柜已命赴黄泉，字据为他所立，那你只有去黄泉路上找他去了结了。"说过，小庞掌柜先自哈哈大笑。

　　张枨在龙门住了下来。他很快打探到，小庞掌柜并不是老庞掌柜的亲生儿子，而是他过继过来的别姓儿子。张枨替老庞掌柜唏嘘再三，找到他的坟茔，把赎书用的银元埋在坟头旁边，深深地鞠三下躬，说："庞老掌柜，钱我替父亲还你了！"

　　那是黄昏时分，荒野万籁俱寂。夕阳把张枨的身影拉得很长。他想：赎书是一回事，还钱则是另一回事。

　　在随后的几年里，张枨数次游历河南境内的各大名胜古迹。在获嘉的武王庙，他很恭敬地参拜了毕公。他闹不明白，民间为什么会把毕公塑造成一个主宰天下文运的神。走出毕公殿，张枨被眼前的景象惊呆了，在当院那棵有着数百年树龄的老楸树下，一个七十余岁的老妪，个子低矮，满头银发，穿一身粉红色衣衫，手里紧紧握着一杆巨大的杏黄旗，站在一块方石砖上挥运如风，猎猎之声鼓动着张棩的耳膜，令他头疼欲裂。老妪越舞越快，最后竟舞成了一个红黄的球团！

一九四六年暮春，张棩把老妪恭恭敬敬请到了开封。在龙亭前开阔的广场上，张棩让人支起三口大铁锅，里面盛满猪牛羊肉，下面用榆木劈柴煮，噼噼剥剥，不时有火花迸出。离三口大锅不远，一字排开两个半人高的瓦缸，缸里全是酒。一口缸里装的是"刘伶醉"，另一口缸里装的是"汴京高粱红"。广场的正中央，地上铺着十余张一丈八的巨幅宣纸，张棩手持萱麻缕子做的特制毛笔，赤脚站在其中的一张宣纸上。忽然，锣鼓家伙咚嚓咚嚓响起来，张棩仰头将一瓯酒喝净，把酒瓯摔碎在地。听到响声，老妪开始舞动杏黄旗。杏黄旗往东，张棩手里的笔就往东挥；杏黄旗往西，张棩手里的笔就往西挥。配合很是默契。

这天天气晴和，一丝风都没有，观者如堵，欢声雷动，可谓是夷门书法界一件盛事！

当天晚上，张棩把自己反锁在书斋，一边饮酒一边大哭。从此，他戒酒了，也不再写大字。现今，开封市面上流传的，多为他的小楷书法作品。

申桐生

申桐生（1915—1993），一生从事教育事业。书法师承褚遂良，有楷书墨迹传世。

河南省立第一师范毕业后，申桐生先是在宁陵县中学教了一阵子书，很快就回到了开封，受聘到河南第三小学教语文。也是在这个时候，他开始跟着邵次公学习书法。邵次公让他从褚遂良的大字《阴符经》入手，然后再上溯魏晋各家。开始的一段时间里，尽管有着上私塾时描红的底子，但依然入不到帖里去，有几次气得都把字帖都撕掉了。然后等消了气，再买新帖回来接着练。渐渐地，他与《阴符经》有了心灵上的沟通，以致后来到了一日不临褚帖就寝卧不安的地步。

邵次公曾严肃地告诉他："学习书法的道路上会有很多坎，必须咬着牙一一地迈过去。有一道坎迈不过去，就会面临着被淘汰的危险！"申桐生顿时对学习书法充满了恐惧。从此以后，他一生都在临习《阴符经》，再没有旁涉过别的法帖。

抗日战争爆发那一年，申桐生随河南第三小学南迁到了罗山潘新店、叶县下里镇一带，在动荡中度过了三年时间。三年后，他结了婚。那个时候，他已跟随学校迁到了伊川县。妻子的一个至亲在伊川县任县长，申桐生得以做了该县的教育局局长。

他娶的这个妻子，是一家大户人家的小姐。虽是大户家的女儿，却自幼不习女红，跟着她的舅舅，一个少林寺的俗家弟子，学了一身的硬功夫。看上去一个风摆杨柳的弱女子，却能生生扳倒一头大黄牛！这个小姐很是任性，常常摔东西，无缘无故地朝申桐生发脾气。

她对申桐生天天在那里临帖，很是看不惯，刚进门时还忍着，三个月后就忍不住了。她气呼呼地问自己的丈夫："你天天在那涂呀画呀的，是当吃还是当喝啊？"叶桐生给她解释说："这是在练习书法！文人的雅事。"妻子嘟哝着说："我看是吃饱了撑的，饿你三天看你还雅事不雅事？"

申桐生很无奈，苦笑着摇摇头。

秋后的一天，天阴的厉害，不久就下起了小雨。申桐生没去教育局点卯，在家里书房临《阴符经》。墨是宿墨，兑水后散发出难闻的臭味。这臭味从书房飘出来，弄得整个屋子都是这种味道。申桐生尚能忍受，他的妻子，那个大户小姐却忍受不住了。她冲进书房，一把抓起书案上盛墨的砚台，照申桐生就扔了过去。申桐生急忙躲闪，砚台的一角在他的鬓稍扫了一

　　她冲进书房，一把抓起书案上盛墨的砚台，照申
桐生就扔了过去。申桐生急忙躲闪，砚台的一角在他
的鬓稍扫了一下，立即血流如注。

下，立即血流如注。砚台里的残墨，也多洒在他的脸上。红与黑在他脸上一掺和，很像唱戏的大花脸了。

那方砚台落到地上，噗，裂成了两半。申桐生捡在手里，心疼极了。这是邵次公辞世头一年送给他的礼物。巴掌大的一方石砚，肌理细腻如婴儿的皮肤一般。随学校南迁，他只随身带了很少的几件东西，其中就有这方石砚。

申桐生用清水把砚洗干净，拿到街上找锔缸匠修。他问："能修吗？"旁边的一个人笑着说："放心吧，他有锔灯泡的本领！"砚台修好，拿到家注上水，第二天早晨看时，底部渗满了一层细密的水珠。

日寇投降那年，申桐生丢了乌纱，他携妻挈子回到了开封。有很长一段时间，他赋闲在家。为了生计，在妻子的一再督促下，把靠街的一间房子腾出来，开起了一家小诊馆，专治跌打损伤。妻子不光从舅舅那里学到了一身功夫，还学到了一套熬制治疗跌打损伤有奇效的膏药秘方。她估算着，世事动荡，又加上开封人好使气斗狠，这种膏药会有很好的市场。假如一天卖出一百付膏药，每年就能赚上五百大洋，想到这里，妻子的嘴角露出了一丝笑容。

申桐生很少有时间临《阴符经》法帖了。在妻子的吩咐下，他的任务是把牛皮纸剪成圆圈圈，好往上边摊乌黑乌黑的药膏。开始的半个月，他怎么剪都剪不圆，有两次甚至还剪到了手指头。后来就熟练起来，膏药纸几乎让他剪成了艺术品。妻子打趣他说："比日本鬼子的膏药旗都圆！"

起初的一些日子，诊馆的生意还算不错，每天多少都会有人过来。有一天黄昏，街头的混混牛二走进了诊馆。他手里拎着一只冠上满是鲜血的鸡。牛二与人斗鸡，斗败了，给人打了一架，胳膊被人打伤了。申桐生给他拿了几副膏药，嘱他回去按时帖，过几天就好了。

牛二拿了膏药，拎着那只斗鸡，也不付钱，扭头就走。

妻子一闪，堵在了门口。说："还没付膏药钱呢？"

牛二铁着脸，冷冷而笑。说："没钱！"又说："你去打听打听，开封城谁敢收牛二的钱！"

妻子一伸手，牛二拎着的斗鸡就到了她的手里。妻子说："没钱就把鸡留下！"

牛二大怒，抬脚就去踢，忽觉抬起的腿软绵绵的，一点力道都没有了，顿时大骇，夺门遁逃。到了门外，扭头喊道："那鸡是我的命根子，你等着，改天我会把小诊馆砸个稀巴烂！"

牛二却再没来过小诊馆。

过一阵子，妻子将那只斗鸡卖了，给申桐生买回来一方砚台。还剩下点钱，她本来想给自己买一盒日本产的香脂，后来又却改变了注意，给孩子买了一个花书包。

李子铮

李铁林（1853—1938），字子铮，号锷华。曾任祥符县知县，晚年隐居开封。擅行楷，师法刘石庵。

李子铮名铁林，号锷华，出生在直隶临榆附近一个紧邻河流的小村庄。他出生那天，这条名叫白溪的河流刚刚受到一场暴雨的侵袭，浑浊的河水咆哮着、翻滚着，宛如一匹受惊的野马，撒着欢儿从村边呼啸而过。

大自然或许常在无意之间给人类留下某种暗示。李子铮自幼表现出了对水的极大兴趣，当他哭闹得厉害，用无数办法都不能让他的哭声停下来的时候，他年轻的母亲就会抱着他去白溪岸边走一走，一旦看到静默或喧嚣的溪水，无论多么响亮的哭声都会戛然而止。眼望溪水，幼小的李子铮舞动着握得紧紧的小拳头，使劲弹蹬藕瓜子般的小腿，两眼因兴奋而显得异常的明亮。

五岁的时候，李子铮经历了第一次与水有关的冒险经历。那天，他母亲在院子里洗衣服，一只老母鸡带着一群小鸡娃在墙根刨食吃，李子铮在与一只大白鹅嬉戏。有那么一阵子，母亲边洗衣服，边哼起了古老的民间小调。哼着哼着，就走进小调里面，把周围的一切都忘记了。等她醒过神来，吃惊地发现，小子铮已无踪影。

他母亲脸色煞白，满院子地找，角角落落都找遍了，没有。又去屋里找，门后面，床底下，甚至床头的桐木箱子都打开了，还是没有。母亲都快急疯了，她嘴里念叨着："这孩子会跑哪里去呢？"当她再次从屋里走向院子，一脚踏在门槛上时，她就看见院子一角的水窖。看见水窖，她的心瞬间凉透，紧接着结成了冰。

为洗洗涮涮方便，村子里几乎家家户户都挖了一眼水窖。这一天，因为洗衣服取水，她打开水窖的盖子后忘记盖回去，水窖口洞开，宛若一只怪兽的血盆大嘴。她发疯般地冲向水窖口，果然，她看到了水窖里的李子铮。那时候，李子铮两手拍击着水面，正盯着一只青蛙呱呱而笑。她母亲深感万幸，因为连日干旱，水窖里的水已所剩无几。

母亲把李子铮从地窖里捞上来，紧紧抱在怀里，泪水顺着脸颊滴落到李子铮的脸上，嘴里一个劲地喊着："你这个小冤家，是想要妈妈的命啊！"

不久，母亲把他送进远在县城的私塾，跟大儒郝先生学习

"四书五经"和书法。一八七一年,十八岁的李子锛参加了科考,中辛未科二甲三名进士。这一年是清朝同治十年。起初,李子锛被授予个翰林院散馆编修的闲官,后来发生了一件事,朝廷很快外放他到祥符县任知县来了。

这件事依然与水有关。

黄河连年泛滥,两岸百姓流离失所。宫内刘贵妃菩萨心肠,长跪佛祖脚下,许下抄录《妙法莲花经》百部的心愿,分送黄河两岸寺院,以攘除灾难。刘贵妃是个做事认真的人,她让光绪皇帝下一道圣旨,在朝廷内擅书者中遴选她满意的人,不料竟都不合刘贵妃心意。有人向刘贵妃推了李子锛,一旁的翰林院掌院学士高钊中冷冷地说:"他知什么书法?去大街上卖卖春联还差不多,哪能当此大任!"刘贵妃一笑,说:"不妨写来看。"那人拿李子锛的书法进呈刘贵妃,刘贵妃大为高兴,说:"就是这个人了!"又说:"抄经圆满,定当厚酬。"

光绪十四年,李子锛因出了风头而得罪朝中重臣,调任祥符县令。

第三年夏,黄河再次泛滥,并在东坝头决堤。李子锛带了一干衙卒,星夜离开县衙。黎明赶到决堤处,已有当地民众聚集坝头,因指挥失当,眼见决口越冲越大,浊浪拍击两岸,激起一人多高,奔腾咆哮之声数里可闻。李子锛跳下马,稍做询问,即指挥民众筑堤。

李子锛再次显示了他在"水"方面的超人才能,他指挥当

　　李子铮仰天叹道："原想让尔等立此功德，即便死了，也会受后人祭祀，享千年香火。今违令处死，只有落后世唾骂了！"

　　四衙卒闻此，一起跪倒在地，齐呼："我等愿往！"

地民众筑堤，犹如他在宣纸上泼墨挥毫，点戈撇钩，枯燥浓湿，无不如意。等到了日头偏南时分，大堤已抢筑过半，眼看到了合龙的时候。此时，水流益发湍急，巨石、沙袋扔进去，瞬间就无了踪影。李子铮思索良久，想出一策，让人打造四个大埽，然后选出四名壮汉，各抱一个木桩随大埽一起下到水里去。

没人愿意下到水里去！

水流湍急。下到水里，即便不被立刻冲走，水底多利石、尖桩，险象环生，八成没有生还的道理了！李子铮点出了四名衙卒。李子铮对四衙卒说："决堤合龙，各赏银百两！"

四衙卒齐喊："命都没有了，还要钱干什么？"

李子铮又说："上来每人官升一级！"

四衙卒齐喊："命都没有了，还要官干什么？"

李子铮忽然落下眼泪，说："你们都是公差，若不从命，都得受违令之诛！"

四衙卒也哭着喊："违令之诛赖好还留个全尸，下到水里恐连个尸首都见不到了！"

看着决口有越冲越大的迹象，李子铮仰天叹道："原想让尔等立此功德，即便死了，也会受后人祭祀，享千年香火。今违令处死，只有落后世唾骂了！"

四衙卒闻此，一起跪倒在地，齐呼："我等愿往！"

李子铮让人端上酒肉，给每人敬酒三大盏。四衙卒喝得微醉，抱起木桩，齐声吼叫，跳入翻滚着的黄河水。四朵鲜艳的花朵旋即在浊浪中盛开。

　　泪水模糊了李子铮的双眼。

　　决口合龙了。

　　李子铮在东坝头附近给四衙卒建造一座庙，题了匾额，名为"四贤庙"，塑以金身，受后人祭拜。

　　致仕以后，李子铮定居在了开封。每年夏天，他都会去东坝头走一遭。一九三八年的夏天，年逾八旬的李子铮再次去东坝头的时候，不慎跌落到翻滚的黄河水中。

　　"四贤庙"里，自此又多了一尊金身。

金钟麟

金钟麟，生卒年不详。师法唐楷，得浑厚气象。行世墨迹皆不落下款，只钤印而已。

金钟麟是夷门名流常茂徕的崇拜者，收藏有常茂徕大量的手稿和墨迹。常夜半起床，燃起粗大的蜡烛，面对这些手稿和墨迹静静地微笑。少年时代父亲金罄鑫给他讲了许多常茂徕的故事，这些故事影响了金钟麟一生。金罄鑫做过常茂徕的幕僚，在他眼里常茂徕几乎是个完人。

有几回，少年金钟麟忽然从梦中惊醒，一个人在那里自言自语，说："我见到他了！我见到他了！"在金钟麟的梦境里，常茂徕是个身材修长的老者，穿一袭褐色的长衫，长须飘拂，手中握一支毛笔，硕大的头颅高高地仰起。这样的梦金钟麟一直做到他二十一岁那年的秋天。

成年后的金钟麟喜欢读一些晦涩深奥的书，然后将那些怎

么都弄不懂的句子背下来，说要到梦境里去寻找答案。金钟麟
的做派让邻居们产生了敬畏，上年纪的人都私下传言这个金先
生学问深不可测。慢慢地，邻里有了什么难解的问题都来向他
讨教。他会用两个以上更加难以理解的道理来解释这些问题，
来人听了如坠云里雾里，但都频频点头，并愈发地佩服他。金
钟麟著了一部书，名为《满蒙新藏述略》，内容狭窄而冷僻，
对生活在开封里城（又叫满洲城）中的八旗文人的收藏进行了
分类记述，后由中州石印馆石印行世。

　　《满蒙新藏述略》发行不到两个月，八旗收藏家白谦益就
找上门来，翻开书本，将注有他标识的地方一一指给金钟麟看。
说，此书计有三十六处值得商榷。金钟麟微笑着将书收了下来，
并谦虚地向白谦益致谢。但一等白谦益走出院门，他就把那本
书投进了火炉。

　　回头来说金钟麟二十一岁那年秋天发生的一件事。那年秋
天，他中过举人以后，一个人悄悄地去了一趟常茂徕故居。常
茂徕的小儿子住在那儿。门口有一个臭水池，绿黑的水中有孑
孓在游动，几只明头苍蝇哼着小曲围住了他。金钟麟感到了莫
名的沮丧，便扭头走掉了。

　　民国年间，夷门开始盛传金钟麟的大量轶闻（多来自坊间，
难免有张冠李戴现象）。据说，他的前清举人是骗来的。他的
试卷全是用大篆写成，写后他自己都不知所云。阅卷官不识大
篆，又怕被人嘲讽没文化，于是就胡乱给他打了高分。据说，

他结婚很晚，三十多岁才把一大户小姐娶到家，很是慎重，让人专程从上海寄回来一双法国产的皮鞋。结婚那天，因为是第一次穿皮鞋，再加上慌张，结果把鞋左右穿反了，在夷门成为一大笑话。还有一件事，让金钟麟失去了他夷门最要好的朋友。有一次，他约上孙大恒（夷门字画装裱名家，河南书法圈都认为他与金钟麟关系最好）下馆子，吃过饭结账时，一摸口袋，忘记带钱了。孙大恒原是被请者，兜里也没有装钱。金钟麟让赵大恒作人质在饭馆等，他坐上黄包车回家取钱。进了家门，有人正在家里等他，拿了一叠常茂徕的手稿让他鉴别，一高兴，把去饭馆结账的事给忘在了脑后，直到赵大恒一路叫骂着找上门来。二人终生没再来往。

　　金钟麟暮年，有人向他求证这些传闻的真实性。那时候，金钟麟正站在院子里的鸟笼子前喂他的画眉鸟。他半晌没有言语。后来他说："我的这个鸟一天能吃三个蛋黄！"来人很愕然地张大了嘴巴，告辞后，这个人还久久地回想着那句话。"这可能吗？"他问自己。

　　也是这个时期，金钟麟开始脱发，一缕一缕地脱，头顶很快脱落光了，像一个扣在那里的瓢。说也奇怪，脱去发的头颅看上去要比原先大了许多。他对颜色有了挑剔，共有三件长衫，一律都是褐色的。走在大街上，双手袖在背后，留有胡须的下巴高高地抬起。他开始把主要精力转移到书法上，想在原来颜体楷书的面目中加入一点于右任的味道，但没有成功。

　　金钟麟再次悄悄去了常茂徕故居。已是大门紧锁，
门厅颓坏。隔门往里张望，院内衰草萋萋，有狐兔出没。

出乎意料的是，金钟麟忽然火起来。他的火与常茂徕有关。常茂徕受到夷门文商界的热捧，大茶叶商王白水在《河南民报》刊发消息，要斥巨资出版《常茂徕文丛》一百卷；夷门十三家大古玩字画店联合贴出告示，高价求购常茂徕墨迹。他们都来登门拜访金钟麟，出高薪聘他出山谋事。

金钟麟一一接待来访者，但他自始至终一言不发，神色间带着夸张的狐疑。来访者日渐稀少，最后再无一人登门。

金钟麟再次悄悄去了常茂徕故居。已是大门紧锁，门厅颓坏。隔门往里张望，院内衰草萋萋，有狐兔出没。

张修斋

张修斋（1893—1975），擅楷书和行书。行书宗法"二王"，有墨迹传世。

张修斋的父亲是一个私塾先生，精通"四书五经"，在方圆数十里有着很高的声望，因此，他们的家境比较殷实。张修斋得以在读完小学以后，进入中学继续他的学业。私塾先生很是看不上他这个儿子，常会指着张修斋指节修长的手对妻子说："指头节子这么长，将来肯定是个把钱串在肋条骨上的家伙，甭指望享他的福！"听了这话，张修斋站起身，端着吃了一半的饭碗，默默地走掉了。

夏天到来的时候，张修斋养了三只白色的小兔子。他在院子的一角挖了个地窖，把它们一只一只放进去。他父亲告诉他："兔子喜欢吃槐树叶子！"张修斋偏不喂兔子槐树叶子吃，而是去高粱地里割狗尾巴草喂它们。小兔子长大了，张修斋将他们装进笼子里，背到集市上卖掉了。卖兔子得来的钱，他一分不留，全给了村头的赵瘸子。

一九一六年，张修斋考进了河南省高等商业学校，来到了开封。临行前，他拉着母亲的手说："等毕业能挣钱了，我就接您到省城享清福！"那时候，他母亲已两鬓苍白。

学习期间，张修斋参加了学校成立的"夷门诗社"，并鼓动诗社创办了一本诗歌杂志，取名《梁园诗刊》。《梁园诗刊》杂志聘请萧亮飞、朱祖谋为荣誉编委。创刊号刊发了汪静之的现代诗《我看着你，你看着我》，引起不小反响，在开封各大学校园学生间掀起了一股创作现代诗歌的旋风。

《梁园诗刊》是一本薄薄的小册子，只有四十六页。内文全由张修斋一人用蜡纸刻制而成。本来枯燥无味的铁笔与钢板的碰撞，换了别人，还真不知道能坚持多久，但在他那里却不是那么难以忍受。少年时代，张修斋在私塾父亲的严厉监督下，有着过硬的唐楷描红本领。在校的两年时间，《梁园诗刊》每两月一期，共十二期五百多页全是张修斋一手刻制而成。每一期《梁园诗刊》印刷出来，拿到诗刊的学生除了阅读诗歌外，那峻拔而略显瘦硬的字迹都被他们当作字帖去临写了。

同时，《梁园诗刊》配有精美的插图。搞插图的是一个很腼腆的小个子学生，叫梁家豪，是开封本地人，跟着萧亮飞学过大半年的花鸟画，凡见过他画作的人都说："一点都不像他老师的风格！"梁家豪不写诗，也很少见他读诗。但这一点都

本来枯燥无味的铁笔与钢板的碰撞，换了别人，还真不知道能坚持多久，但在他那里却不是那么难以忍受。

不影响他与张修斋的默契配合。

往往是张修斋刻好蜡版，交给梁家豪，由他配插图。插图很简单，多是一束兰草，几朵小花，但看上去都很雅致。这些都好了，开始印刷了。印刷前，张修斋前前后后地会再检查两遍。他容不得一丁点的差错，有一个字错了，或标点错了——逗号点成了句号，他都要很认真的改过来，实在不行，他就重新再刻一张蜡纸，他不嫌麻烦。插图呢？自然也在检查之列。偶尔有时候，插图和内容太过相悖了，譬如，诗歌是写历史上志士捐躯的，下面却画了一朵牵牛花，他就觉得太不妥，至少得画一竿修竹，再不济画一束菊花也行啊！他就给梁家豪指出来。梁家豪脸一红，也不说话，马上拿起蜡纸走到里间去了。

张修斋多次说："诗歌是神圣的！我们要敬畏诗歌！"

《梁园诗刊》的内文，是在油印机上完成的。学校给"夷门诗社"配备了一台半旧的油印机，这是校教务处忍痛割舍给诗社的。据说为这事朱祖谋专门请校长去"玉壶轩"喝了一上午的茶。他们二人，张修斋和梁家豪，一个人推碌子，一个人掀纸张，累了，两个人就换换手，不停事地得忙活一个星期六再加上半个的星期天。比起到街上的印刷厂去印刷，这样能节省许多。

印《梁园诗刊》的钱来得不容易，除一部分学校补贴外，差额由诗社的成员凑齐。

装订和封面的印刷，是在学校附近的州桥印务公司完成的。去印务公司印刷，多是梁家豪出面张罗的，张修斋很少跑印刷厂，除非有特殊情况发生。

有一天，特殊情况果然就发生了。

梁家豪找到张修斋，说印务公司派人捎来口信，装订时发现内文出了点差错，让他们过去协商一下。他们匆匆吃过午饭，来到了州桥印务公司。

一连下了几天的小雨，路上满是泥泞。他们来到印务公司，头发已经淋湿了。印务公司的主管是个大胖子，他在车间的过道里正捣鼓着一辆自行车。自行车前后两个轮胎上都沾满了污泥。梁家豪把张修斋介绍给胖主管。胖主管嘴里一边"唔唔"着，一边眼也不抬地用纸擦着自行车的轮胎。

突然，张修斋暴怒地喊道："住手！"

大家都吃了一惊。张修斋涨得满脸通红，他指着胖主管，颤抖着声音说："你怎么能这样？"梁家豪低头看去，胖主管竟然用《梁园诗刊》的内文纸在擦拭自行车上的污泥！

胖主管站起身，不满地谩骂着："真扯淡，明天就把你们的活停了！"

张修斋捡起地上的纸，握紧了拳头，似乎要和胖主管打上一架。梁家豪在一旁也指责胖主管不该这样做，同时，他拉住了张修斋，把张修斋推出了印务公司的大门。在大门外，张修斋还一个劲地喊："换地方，不在这里印了！"

后来，梁家豪气喘吁吁地撵上张修斋，说："我刚才给胖主管好说歹说，他同意这期还在他们这里印，不然眼前急着出刊，一时上哪儿换印刷厂去？"

张修斋说："那刊中的问题怎么办？"

梁家豪说："交给我吧。按期出刊才是最重要的！"说完，让张修斋先走，他又折回了印务公司。

这一期的《梁园诗刊》印出来，张修斋还是发现一首诗中丢失了一行字，胃里像吞进了一只苍蝇那样难受。这种感觉一直伴随了他一生。

丁豫麟

丁豫麟（1838—1923），字吉堂。书法师法颜真卿。

丁豫麟是民国夷门书法八大家之一，以楷书名世。一生多是在颜真卿的楷书和行书之间探究，很少旁窥他帖，只是到了五十岁以后，心气平和了，坐下来写小楷书，才开始临《灵飞经》。对于颜真卿诸帖，楷书多临《颜氏家庙碑》《麻姑仙坛记》二帖；行书偏重《祭侄文稿》。每临一次《祭侄文稿》，他都会泪流满面，夜里就开始做梦，梦见颜真卿在荒野里狂奔。这一幕多次出现在梦境里，丁豫麟感到很奇怪，怎么老是做这样的一个梦呢？丁豫麟的书法遒劲豪放，深得颜书神韵。

在夷门书坛，丁豫麟被坊间称为"狂者"。津门华士奎，也是学颜体的书法名家，他来河南访友，抽出时间来，专程去拜访他，顺便带了幅近时创作的书法对联，以便交流学习颜书的体会。见了面，寒暄几句，华士奎就打开了作品，要丁豫麟指点一二。丁豫麟看也不看一眼，就拱手道："好，好，比我写得好！"除此，再没有别的话，华士奎尴尬告辞。事后，有人问起这件事，丁豫麟笑着说："颜书的笔法都还没掌握，我能给他说些啥？就好像一个孩子，才刚刚会爬，等会走路了再来找我吧。"

这样的事情已经不算新闻了，还有更玄乎的。徐世昌做了民国大总统后，一九一八年秋天到开封检查黄河防务，顺便看看开封双龙巷故居。河南官员知道大总统痴迷书法，求到丁豫麟府上，想让他写几幅字送上去。丁豫麟只写了一个四尺斗方，落上徐世昌的名号，交给来人，就收笔洗手了。来人再三恳求他多写两幅，好送给总统的随从，套套近乎，今后进京城也好行个方便，并且润格往上加了一倍。丁豫麟不高兴地说："我写这个斗方，不看他是什么总统，只念他是从开封双龙巷走出去的，算是有同里的名分！不是钱的事！"说过，不再理睬来人。

很多人为此翘起了大拇指，说丁豫麟有文人风骨。也有人说他这是借此在炒作自己，等着看吧，他的书法润格很快就要涨了。这些话传到丁豫麟耳朵里，他摇摇头，付之一笑。

丁豫麟的授业老师是夷门大儒杨子亭。杨子亭著述等身，热衷于文化传播，他想创办文学期刊《河南》杂志，苦于人手不够，就想到了丁豫麟。那时候，丁豫麟正在河南陕县任县学教谕。陕县是豫西小县，山道崎岖，很是闭塞，他也想回开封，当杨子亭征求他的意见时，他当即应允下来。杨子亭上下打点，

　　见了面，寒暄几句，华士奎就打开了作品，要丁
豫麟指点一二。丁豫麟看也不看一眼，就拱手道："好，
好，比我写得好！"

动用省城各界的关系，第二年春天，把丁豫麟调回了省城，名字挂在省图书馆簿册上，领份俸禄，却不去图书馆点卯，专心来办杂志。

回到省城不久，丁杨二人之间就发生了一件不愉快的事。

丁豫麟没回省城以前，《河南》杂志的前期运作是杨子亭的一个亲戚在跑前跑后的操办。杨的那个亲戚是行伍出身，曾在北伐军队伍里混过几年，社会上的路子广。原说杂志前期的工作一旦就绪他就退出，不曾想各项手续办下来，这个亲戚不愿意退出了，他觉得办杂志很新鲜，他要体验一阵子再说。

杨子亭信中说的让丁豫麟来主持《河南》杂志的日常工作，也就成了一句空话。

那个亲戚与丁豫麟合不来。丁豫麟也觉得，在这个一点文墨不通的武夫手下当差，对他来说本就是一种耻辱，一种折磨。他几次想拂袖而去，但看在老师把自己调回来的份上，还是咂咂嘴把这口气咽进了肚子里。

直到有一天，这个亲戚当面羞辱了他，他才压制不住地爆发了。这件事的起因很简单，这个亲戚拿了一首他朋友写的打油诗，让丁豫麟编发。丁豫麟说："这诗没法发表。发了会砸招牌！"这个亲戚上起了憋劲，说："只管发，天塌我顶着！"丁豫麟不吃他那一套，说："你要发你就找杨先生去，我是不会发的！"杨子亭的亲戚恼火了，骂道："妈的！你们这些臭文人，就像骡子拉的破拖车，欠修理！"丁豫麟勃然大怒，结果二人大打出手。

杨子亭从外地回到开封，丁豫麟就去府上找他。把事情的缘由前后一摆，说："我走。我到图书馆做管理员去！"

看着怒气未消的学生，杨子亭拍拍他的肩膀，说："你是我的学生，他是我的亲戚，手掌和手背，伤着哪个我都心痛。这样吧，杂志社你负责编务，让他发挥特长，跑外联。"话是这么说，那亲戚总想朝他指手画脚，而他又是出了名的狂者，二人就像两尊门神，按豫东乡下人说的那样，是反脸不对头。

丁豫麟很苦恼。

编杂志之余，丁豫麟交往的人很少。他经常走动的，有这样两个人：一个是前清翰林林文骙，一个是本邑廪贡马继贞。他们三人搞了一个小社团，叫"夷门书法社"，十天半月聚上一次，喝喝茶，或者小酌几杯，然后，谈谈书法。这一次，丁豫麟喝得高了点，他一喝高，就把满腹的委屈都倒了出来。

过一阵子，是个阴雨天气，院子里有雨打芭蕉的声音。那个军人亲戚在杂志社门口拦住了他，睁圆了眼睛问道："听说前些日子喝酒时骂了杨先生？"丁豫麟感到有些莫名其妙，他淡淡地看了那亲戚一眼，向大街上走去。

丁豫麟明显地感到杨子亭疏远了他。

不久，《河南》杂志停刊了。丁豫麟去河南省图书馆做了图书管理员。

原来回开封以后，每逢春节，丁豫麟都会备上一份礼，到杨子亭家去拜年。《河南》杂志停刊后的第一个春节到了，丁豫麟依旧备了一份礼，像往年一样去给杨子亭拜年。

杨子亭对他很冷淡。

走出杨子亭的院落，丁豫麟问自己："明年还来吗？""来！先生对自己有恩。"丁豫麟自己答。他想，冷淡不冷淡那是先生的事，来不来就是自己的事了！

陈禹臣

陈鼎（1864—1942），字禹臣，曾做开封府幕僚。工楷书，兼及行、草书。

陈禹臣的父亲是清末夷门大诗人陈子庄，曾与康有为在开封鼓吹台抵掌论诗，被康称为"诗之达者"。与"夷门八大书法家"之一的丁豫麟有同窗之谊，且志趣相投，每隔一段时间，丁豫麟都要到陈家来，和陈子庄下棋、喝茶、论诗。陈禹臣的家在乐观街口，旁边有一座天主教堂，常有修女从门前经过。

有时候，丁豫麟喝茶之余也会乘兴挥毫写几幅书法，年少的陈禹臣就站在书案旁研墨。丁豫麟对小禹臣很有好感，总是在挥毫的间隙里教他一些用笔的方法，并且对他说："光死写也不行，要多动脑子！"接着就举了几个例子来说明这个道理，其中给陈禹臣留下印象最深的是王羲之。王羲之养了一只大白鹅，他就是从鹅的起舞中悟得笔法和笔势的。在以后很长一段时间里，那只白鹅时常会在陈禹臣的梦境里出现。

成年后的陈禹臣曾数次参加科考，每次都是名落孙山，一怒之下烧掉了所有科考用的"四书五经"，投到时任开封府知府莫有道帐下做了一名幕僚。一年后，开封府辖区发生了一件十分怪异的案件，陈禹臣劝莫有道放弃追查，说如硬要破案，恐会累及很多无辜百姓，莫有道听从了陈禹臣的建议，以疑案结案上报了事。过大半年，新来的河南巡抚以草菅人命为由，罢免了莫有道的职务。陈禹臣受到牵连，丢掉了幕僚的差事，回家赋闲。

不久，清朝的大厦轰然倒塌，民国时代到来了。陈禹臣开办"朝拾书堂"，以课徒为生。稍后，与诗人刘景隐、叶鼎洛成立"雷鸣诗社"，并由他和刘景隐二人联合出资创办《荒原》文学月刊，刊发新诗和翻译小说。大家推举陈禹臣任《荒原》文学月刊主编。之所以推举他出任主编，是因为陈禹臣是开封最早读汪静之诗的人，他对汪静之的诗歌代表作《蕙的风》倒背如流，而且还给这首诗写了一篇三千余字的评论，发表在当年的《河南民报》副刊上。

一九三三年九月，封面上印有陈禹臣主编字样的《荒原》创刊号出版，立即在开封各界引起巨大反响。其中有一首长诗引起了大家持久的争议。

这首长诗的作者就是叶鼎洛，一位极端而又敏感的河大诗人。这首诗的名字叫《井壁上晦暗的绿苔》，长二百八十一行，

　　一见陈禹臣走进家门，嘴里"嘎嘎"叫着，张开两个翅膀，脖子几乎弯曲到地上，然后伸直，伸到不能再长，撵着他追过来。

里面运用了大量令人作呕的比喻，苍蝇、粪便、脓疮这样的字眼充斥在每一行诗里。发表之初，陈禹臣提出了反对意见，但遭到叶鼎洛的强烈抗议，他说，文学应该允许各种风格流派的存在，既要有像《蕙的风》那样纯美的诗歌，也要有揭露生活阴暗面的诗歌，我们的这个世界本来就是这个样子的。陈禹臣一时无话可说。

《荒原》文学月刊创刊号发行不久，就被当局相关部门以有伤社会风化而勒令停刊了。

一九三四年七月，河南省首届书画作品展在省图书馆开幕，陈禹臣师法《书谱》的一件草书作品参加了展览。开幕那天，一个素与丁豫麟有隙的老书家指点着他的书法对围观者说："看看这幅作品，不知怎么入的展？笔画都没写直，更不要说什么笔法了！"陈禹臣站在人群后面，感到自己脸上一阵阵发烧，觉得给丁豫麟老先生丢了丑！

陈禹臣买回来了一只鹅，他想像王羲之那样从鹅的身上领悟用笔之法。

这只鹅非常肥壮，走起路来身子一扭一扭的，左右掉屁股。平时，它就睡在院门口的蒿草窝里，只要一见陈禹臣走进家门，嘴里"嘎嘎"叫着，张开两个翅膀，脖子几乎弯曲到地上，然后伸直，伸到不能再长，撵着他追过来，直到用嘴拧住他的裤腿为止。陈禹臣拿出早已准备好的小鱼虾，一条一条地喂它。

有时，陈禹臣喜欢喝点酒，醉意袭来，他就卷曲在床上睡一会儿,睡醒了,往空中张开两臂,伸长脖子,"嗬嗬"地叫几声。起床,左右掉着屁股,扭动着肥胖的身躯走到书案旁边,坐到椅子上,打着火镰子,抽一袋烟。然后,再一次伸长脖子,吐出嘴里的烟雾。

　　打火镰子的时候,他的手颤抖得厉害。可一捉毛笔写字,手就立即不颤也不抖了。他写的字,线条一律都是弯曲的,到收笔处,再往上猛地提起,并且笔划伸得都很长。

石
臣

石臣(1821—?)晚号粪叟。有楷书墨迹在开封民间流传。

石臣,夷门书法名家。工行楷,兼擅篆隶。楷书宗法颜真卿,能得《颜勤礼》《自告奋身》神韵。

颜真卿是晚唐名臣,八十岁还驰骋疆场,亲到安禄山叛军营帐谈判,谈不拢就大骂叛军,气若长虹。书法一如其人,他的行书遒劲而具古风,气势磅礴,令宵小之辈不敢近观。石臣身子骨单薄,清癯的脸上生着稀疏的三屡长须,手指竹节一般瘦长,他能得颜书神韵,按传统书如其人的说法,确有几分让人感到不可理解。

石臣是他的名,起初,他没有像其他文人那样,字什么,号什么,他也没有别署。有人很奇怪,问他:"上海某书法家给自己起了二百多个号,你怎么不也起上一个呢? "石臣笑笑,打趣道:"号多了,书法就能写得好吗? "但他还是给自己起

　　石臣竹节一般的手指在琴弦上来回划几下，琴音清越，一纹一纹荡漾开去，唤醒了尚在梦中的蜜蜂，它们嘤嘤飞着，开始绕着奶白色的槐花起舞。

了一个号：粪叟。怎么起了这样一个号呢？

读书、练书法之余，石臣就到郊外走走，溜达溜达。秋天里，他喜欢到楝树下捡金黄色的楝枣，放鼻子下嗅一嗅，然后装进长衫的口袋里。再然后，就忘记了。他老婆洗衣服时，总想不起来去掏一下他长衫的口袋，啪，啪，扬起棒槌，只几下，楝枣就面目全非了，黏糊糊的，散发着一股子难闻的气道。妻子就埋怨他，他改不了，下次还照旧。

石臣住的是三间麦秸草房。

石臣的三间草舍很好找，夷门往西走，有一个白水胡同，他的草舍，就坐落在胡同口上的拐角处。在开封城，大都是带有脊兽的青色瓦房，像石臣这样的麦秸屋，已是很难见得到了。

为盖这三间茅舍，石臣赶着个毛驴，拉着平头车，往乡间整整跑了一个月，才把屋顶的麦秸拉够了。那些日子，他人更清瘦了，长衫胖了一圈，穿在身上，咣当咣当的，若戏子身上的戏袍一般。

茅屋的前边，是一处院子，不大，有三分多的样子。种着一棵老槐树，是他的父亲种下的？抑或是他的爷爷种下的？已经无法考证了。槐花开的季节，每天早晨，石臣都会到院子里弹琴。

他坐小石凳上，面前是一个青石板桌，琴就放在那上边。这是一把焦尾琴，是开封天籁堂出品，也就是几块钱的样子。石臣竹节一般的手指在琴弦上来回划几下，琴音清越，一纹一纹荡漾开去，唤醒了尚在梦中的蜜蜂，它们嘤嘤飞着，开始绕着奶白色的槐花起舞。

偌大的开封城中，石臣只有一个朋友。那朋友是个糊灯笼的，据说祖上给宋徽宗糊过宫灯，姓李，人们都喊他灯笼李。灯笼李隔三岔五地来茅舍找石臣闲喷，他二人喷得来。

灯笼李给他介绍个徒弟。是开封最大生药铺子同济堂的二掌柜，姓胡，字三丰。胡掌柜拿了二三幅书法习作让石臣点拨，临的是颜真卿楷书《麻姑仙坛记》，已有几分形似。石臣不语，手里拿了把折叠纸扇，有一下没一下地摇着。胡掌柜很尴尬，僵笑着站也不是，坐也不是。糊灯笼的朋友打圆场，把习作递到石臣手上。石臣接过，顺手就丢进了纸篓。说："废纸！"

胡三丰脸上终于挂不住了。嚯，扭转身，头也不回地走了。

糊灯笼的朋友埋怨石臣。石臣说："不是那块料，不如专心做生药生意。"

很快，秋天到了。槐树上的叶子开始发黄，看上去有几分肃杀。这些日子，石臣的右眼皮总是跳，嘣嘣嘣，跳得他心里都有些焦躁了。糊灯笼的朋友有些日子没有来了。

一个秋雨连绵的黄昏。是那种雨打芭蕉的沙沙细雨。灯笼李来了。

闲话的时候，灯笼李话语有些迟缓，没有先前利索了。石臣不明白怎么回事。灯笼李一年四季总戴着帽子，原因是他的头顶长出一个粉疙瘩，长三寸有奇，没有生一根杂毛，通红崭新，很是饱满。后来，灯笼李脱下帽子挠头，石臣吃惊地发现，那个粉疙瘩不知什么时候瘪了下去，很丑陋地趴在头顶，没有了往日的神采。

石臣忽然把一件事想明白了。他心头"咯噔"一响，脸上有阴云飘过。

灯笼李这次来，是求他办一件事。让他给开封驻军的马师长写幅字。这马师长虽说是行伍出身，却狂热地喜爱书法。他换防来到开封，已几乎把开封书法家的作品要遍了。

他以前托人找过石臣几次，都被石臣给拒绝了。

出乎意料，石臣这次答应了，灯笼李悬着的心落地了。石臣写了副对联，押了印，交给了朋友。

过两天，灯笼李又来了。说，这副对联，马师长很满意，只是嫌印文不雅，怎么能印"粪曳污纸"这样恶俗的内容呢？

石臣叹口气，也不说话，拿过一张宣纸，重新写了。找出原来的印章，在砂石上磨去印文，又刻了一枚印重新盖了。交给那朋友，朋友低头看上半天，也不说话了，阴了脸，告辞。

一天早晨，石臣起床，携琴到院子里弹，觉得少了点什么。少了点什么呢？那棵槐树被人锯走了。

春天再来的时候，槐花摇曳，蜜蜂嘤嘤，一清癯老人在树下弹琴，这幅画，也就消失了。

陈鄂年

陈鄂年（1868—1940），开封某衙门幕僚。书法师宗赵孟頫，得其仿佛。擅草书。

早些年，陈鄂年的书法是学青藤居士徐文长的，两年后改学赵孟頫。青藤居士的书法世界他无论怎么下功夫都走不进去，连个皮毛都没学到，他深以为耻。所以，在任何场合，他从不提及这段往事。仅仅有一次，他酒后影影绰绰给同僚陈禹臣透露过一点口风，谁知陈禹臣听后一言不发，只冷冷地摇了摇头。

学青藤居士的书法，起初的原因很简单，陈鄂年无端地觉得青藤居士和自己有亲近感。后来他忽然醒悟，这是一种错误的选择，根源就在于两人性格上的巨大差别。于是，他改为师法赵孟頫。

他认为青藤居士后的近二百年间，真正性情相近而又读懂青藤居士的，只有郑板桥一个人。郑板桥的书法，如果与青藤居士的书法放在一起，会很快发现，前者是深得后者神髓的。郑板桥有句名言："愿做青藤门下一走狗！"但与青藤比，郑板桥性情还是温和了些，远不及青藤激厉。就书法而言，郑板桥的字在神采上不如青藤张扬，做人也是如此。

但有一点陈鄂年看出来了，不论是枯藤老树也好，或是乱石铺街也好，那后面都是一颗孤独的灵魂。

有一阵子，河南巡抚李子和喜欢古碑刻拓片入迷，他把收罗拓片这档子事交给了陈鄂年。让陈鄂年贴出告示，凡有献出家藏古碑刻拓片者，根据不同品相，分别酬以重金。汲古斋古玩店掌柜丁寐生近日摊上了官司，急需钱用，就把祖藏的《瘗鹤铭》残刻献了出来。《瘗鹤铭》石刻沉江一千多年后，于北宋徽宗年间打捞出来的时候，只剩下了九十三个字。丁寐生所献的残刻，不在这九十三字之内。李子和大喜，出高价给买了下来。

找来刻碑高手重新勒石后，李子和在上面题了长跋。石碑刻好，立于大相国寺内。不久，有人向陈鄂年提出了疑问："字势波折都和原石拓本有出入，恐是赝品。"陈鄂年手捻胡须，微微而笑。

一日，李子和将陈鄂年叫了去，拿出几纸禹王台《岣嵝碑》拓片。拓片漫漶不清，拓工也甚为一般。李子和说："想办法寻个精彩的拓本来！"

陈鄂年就去相国寺求助于了尘禅师。过几天，了尘禅师将

　　平日里，他没多少事可做，除了临临赵孟頫、练练书法外，就是到书店街购书。他有藏书的癖好，凡碰到好一些的版本，不惜价钱，都要购回家来。

他拓的《峋嵝碑》拓本交给了陈鄂年。了尘的拓本与前几天李子和手中的拓本简直有天渊之别。笔画清晰圆劲，神采溢于纸外。

陈鄂年很是惊异，问道："同是《峋嵝碑》，禅师为何能拓得如此形神兼备？"

了尘禅师笑笑，说："也很简单，刚开始拓的时候，用拓包慢慢地把纸按在碑上，再一点一点地令纸深入到每一字画中。到了锤墨的时候，更得小心谨慎，墨汁不能丝毫溢出，一次最多拓三个字，一天下来，也就拓二十来个字，拓字之时，心中不能有一尘杂念！做到这些，自然就拓得好了。"

陈鄂年想：人倘若专心去做一件事，没有贪念杂想，肯定能把这件事做好！

民国初年，陈鄂年赋闲在家。平日里，他没多少事可做，除了临临赵孟頫、练练书法外，就是到书店街购书。他有藏书的癖好，凡碰到好一些的版本，不惜价钱，都要购回家来。这些书他也不一定都读。他说："书摆在书架上，看着都是舒心的！"

城南关藏书家何枚翁去世后，他的后人想把枚翁的藏书处理掉。陈鄂年去何家看书，不禁大吃一惊。何家的藏书室有十间屋子那么大，近二百柜的图书一溜排开去，煞是壮观！他心下有些羞愧，自己的藏书不及何家三分之一。陈鄂年挑了一些自己喜欢的图书，说是过两天带人取书交钱。临出门时，见屋角有一函抄本《禁书总目》，大约十册的样子。拿手里翻了翻，禁书的书名、作者及内容梗概列得都很详尽，陈鄂年觉得这是一本很珍贵的资料，就把它和原先所挑选的书放在了一起。

第二天黄昏，南关发生大火，一百余家房屋遭受火灾。何宅在大火中化为灰烬。

陈鄂年得知消息，嗟叹数日。两年后，陈鄂年见到了咫进斋所刻《销毁抽毁书目》，总共三十余页，自然又想起在何家所见的十卷本《禁书总目》来，不禁又是一番嗟叹。

晚年，陈鄂年曾想画几笔画，画花鸟草虫，可是，他做了一个梦后，就不再提这档子事了。他又改学篆刻。他走的是赵之谦的路子，又从黄牧甫那里汲取了一点营养。刻了一阵子，脖子忽然疼得难以忍受。那一天，他和夷门篆刻家李白凤、于安澜等在"得无居"吃饭，脖子疼起来了，开始是慢疼，吃了几口"狮子头"，喝了两调羹"三狠汤"，慢疼变成了剧痛，坐不住了，只得告辞回家。路上，他忽然想明白了：上苍不想让咱吃这口饭啊！

陈鄂年收了一个徒弟，就是后来夷门有"儒者书家"之称的桑凡。那天从得无居回到家里，恰逢桑凡来探望他，就把他的那把钨钢银柄的篆刻刀送给了桑凡，说："就看你的了！"果然，若干年后，桑凡坐上了夷门篆刻第一高手的交椅。

一九八三年，桑凡当选为河南省书协副主席，在市文联的庆祝宴上，他还说起过这件事。

释反白

释反白（1887—1972），俗名李培基，字子厚。擅行草书。

释反白出家之前，俗名叫李培基。

民国时期，夷门叫李培基的人，至少有俩个。一个是省政府主席李培基，另一个就是释反白。还有一种比较可疑的说法，说那时的省民政厅长也叫李培基，也擅长书法。

我们今天要说的，是这个后来改叫释反白的李培基。

李培基的人生阅历很丰富，说很坎坷也行。他自幼酷爱书画，读私塾的时候，常在练习簿上画花卉和人物，画得很是那么回事。夷门大收藏家单振赢对他很赏识，资助他到江西南昌拜"大小二舫"学艺。大舫是范藕舫先生，他的花卉号称当时画坛绝学；小舫是陈芝舫先生，工笔人物画直追吴道子，有"江西人物画亚圣"之誉。他跟"大舫"学画写意花卉，跟"小舫"学画工笔仕女。

三年师满，单振赢想让李培基去他的"汲古堂"做职业画师，可李培基开封都没回，直接投到京榆铁路巡防队统领文酉山麾下，开赴山海关去了。文酉山也是开封人，和李培基还有点小连襟，自是不会亏待他，让他做了统领帮办文书，跟随左右。文酉山还给他许愿说："我吃肉，绝不让你喝汤！"话音刚落地，辛亥革命爆发，文酉山被罢职。李培基也随之丢了饭碗，只得跟着文酉山重回到开封。

初回开封的日子，他很落魄，也很孤独，拒绝和亲戚朋友交往。苦闷地实在熬不住了，夜半人脚定后敲文酉山的门喝酒倾诉。第二年夏天，这种境况有了转机。驻守开封的二十九混成旅与地方中、后路巡防营合编为河南陆军第一师，文酉山出任师长。经文酉山举荐，李培基到一师所属二旅四团一营任司书生，三年后升任书记长。不久，河南陆军第一师重编为河南陆军第二混成旅，文酉山去职，李培基重回四团一营做司书生。一九二四年第二次直奉大战前，第二混成旅进驻北京南苑。某日黄昏，望着阴沉的天空和南飞的雁群，李培基忽然厌倦了军旅生涯。他病倒在军帐中，一天到晚说着令人摸不着头脑的话。营长很惋惜地说："这个人傻了！"

离开军营，李培基又一次回到开封。他捡起了丢弃多年的书画旧业，宛如捡起一个童年的梦。这段时间里，他开始与夷门书画界名流许钧、祝鸿元、邹少和、张贞等频繁交往。在交往的过程中，他吃惊地发现，自己于书画二技上的天赋远远超过许钧、邹少和诸人。尤其是书法，他的运笔暗合了祥符调的韵律,线条节奏分明又合乎法度。这一发现令李培基兴奋异常,他的艺术创造力开始时缓缓释放,继而像泉水一样喷涌而出。

他接连创作出一系列作品,书法代表作有行书《爱莲说》《铁塔赋》,草书有《秋菊》等;绘画代表作有《孙夫人看剑图》《贵妃醉酒图》《芭蕉仕女图》等。这个时期的书法和绘画风格,都有点清寒,让人会无端地想到街头流浪的乞儿。一九二九年,河南省书画展在大相国寺举办,李培基的草书《临花乞帖》竖轴和绘画《木兰从军图》中堂参展,声名大噪。官宦富商开始把他引为座上客,并用极高的润格购买他的字画。也是在这个时候,往昔的一些书朋画友疏远了他,甚至有人在背后到处散布言论,说他的字和画有"腐草气",谁买谁会招来噩运。事有凑巧,河南省硫磺局局长王益吾买了一批他的字画后,不久被革职查办。一时之间,李家门前车马顿希。

这一段时间的经历让李培基感到万念俱灰,他再次搁置了画笔。一天清早,他在铁塔寺门口徘徊。铁塔寺印光大师喧声佛号,喊他到禅房小坐。李培基刹那间感到了冬天里的温暖,差一点流下眼泪。这次交谈让他愈发看清了世情的冷暖,他在铁塔寺皈依了佛门。印光大师将"皈"字拆开,就成了李培基的佛名:释反白。

青灯黄卷,铁塔寺里,释反白开始了漫长的佛学修行。修行之余,他对寺内藏经阁中的佛教经卷、典籍、碑帖进行了悉心整理,分门别类重新装订成册。这种耗费心血的工程在二十

　　青灯黄卷，铁塔寺里，释反白开始了漫长的佛学修行。修行之余，他对寺内藏经阁中的佛教经卷、典籍、碑帖进行了悉心整理，分门别类重新装订成册。

年后的一场运动中被付之一炬。

释反白已经适应了寺院内与尘世隔绝的生活，心湖逐渐归于平静。然而，随着一九五九年春天的到来，风乍起，吹皱一池春水。这年四月，开封市政协成立了书画组，释反白被聘为组员，每月发有津贴。当第一次领到十几张花花绿绿的人民币时，释反白彻夜未眠，他隐隐约约感觉到，他的寺院生活即将结束。

果然，书画组组长陈玉璋找他谈话了，要他重新拿起画笔，讴歌新生活。释反白已年逾古稀，右手患有严重的手疾，只要一拿东西，它会立刻很厉害地颤抖起来。如果用右手端茶杯喝茶，尽管茶水只有半杯，手抖得也能令茶水溅出杯外。奇怪的是，他一捉笔画画，本来正颤抖得厉害的手立即恢复正常，竟丝毫不抖了。晚年的释反白，越来越喜欢画工笔仕女，写意花卉几乎不画了。他画仕女，竟能把女子的头发、眉毛都能画得纤毫毕现，人物栩栩如生。绘画组里有人打趣道："这是个好色的和尚——花和尚！"

过几年运动来了，有人又把这事作为释反白的一大罪状举报上去，他便被树为"坏和尚"的典型进行批斗。画笔再一次被迫搁置。

释反白已经很老了。

一天夜半，释反白忽听到文西山在窗外喊他："快，队伍要开拔了！"释反白迷迷糊糊下了床，鞋都没顾得穿就往外跑。跑到门口，被门槛绊了一脚，眼前一黑，扑通！栽倒在地。

叶桐轩

叶桐轩（1913—1971），原名叶荫槐，画家。书法师宗智永和尚，得其仿佛。

后来被视为夷门最卓著画家的叶桐轩，其书法造诣也远远超过了某些所谓的书法家们。叶桐轩早年就读于上海新华艺术专科学校时，曾一度将画画搁置一边，而苦练书法。他把隋朝智永和尚的《真草千字文》作为自己临写的对象，每天晚饭后临上一通，大半年过去，仅从形体上看，叶桐轩的临作几乎与原迹没有什么区别了。

叶桐轩少年时代对书法就有着浓厚的兴趣，每年春节来临，在淮阳县城的大街小巷里，都会看到他单薄的身影。他挨家挨户欣赏张贴的大红春联，碰到自己喜欢的，就用手在空中照着比画几番。有一年春节，近门的胡屠户来找他父亲写春联，不巧私塾先生外出了。胡屠户笑着对他说："你来写吧！"他就毫不推辞地写了起来。一时兴起，少年的顽劣天性显露出来，他专门为胡屠户撰写一联，内容对胡屠户充满戏谑。写好，问胡屠户："如何？"

胡屠户笑着说："花花的就中！"

胡屠户走后不久，父亲就回来了。脸上阴云密布。他把少年叶桐轩叫到书斋，关上门，用戒尺狠狠地揍了一顿。呵斥道："小小年纪竟有如此晦暗心理，长大怎么了得？"他又重写了一副对联，让少年叶桐轩去把那副对联换了回来，并告诉他："你明天去跟淮阳大画家杨广贤学画画。"

当天夜里，私塾先生满腔喜悦地对妻子说："这是个天生吃艺术饭的料！"

遭受父亲的那顿暴揍后，叶桐轩忽然对书法失去了兴趣。在跟杨广贤学画的数年间，他把全部的精力都用在了画画上，画艺大进。

他到上海新华艺专后，又痴狂地练起了书法，是因为他受到了深深的触动。这种触动，来源于一个艺术界的大人物。

这个人就是潘天寿。

潘天寿这时在新华艺专教美术。当他第一次见到叶桐轩的画作时，立即被那天纵大胆的笔触所吸引，他暗暗地吃惊，在这个年轻人身上，有种很难说清是细腻还是敏感的气质，这是一个难得一见的绘画天才！心底便有了培养他的意思。他走过去，站在画案旁，轻声说："唔，不错！"叶桐轩愣住了，在这个他所敬佩的大画家的注视下，一时显得手足无措，手里的

　　他的授课受到学生们喜爱、热捧。校长数次带领

其他教员来听他的观摩课，有一次甚至私下里拍着他

的肩膀说："哪天去寒舍坐坐。"

画笔不知放哪里好了。

潘天寿鼓励他："画完，把款题上。"

等叶桐轩把这幅画画好，潘天寿看了他的落款后，说了一句话。他说："画是大学生，字是小学生！"听了这句话，叶桐轩的脸一下子红到了耳朵后边。

以此，叶桐轩成了潘天寿的学生。潘天寿常给他开小灶，让他重新从临摹《芥子园画谱》开始，进行严格的传统技法训练。然后，再传授他西方美学思潮和绘画技法。一年过去，叶桐轩的画一洗传统文人的柔靡气息，进入到了一个劲健豪迈的新境界。

当叶桐轩的艺术之舟，借助潘天寿这一强劲东风，正要驶入大海的时候，日寇的铁骑踏碎了黄浦江畔的宁静。有一天，潘天寿面色阴郁地把他叫到跟前，声音低沉地说："原想再让你跟我一段日子，可外夷入侵，江山破碎，已再难潜心作画，我近日要到南京去了。"

不久，叶桐轩离开了新华艺专，回到故里淮阳。先在淮阳中学教授美术，但很快罢职。后又到遂平、沁阳、项城等地的中学担任美术教员，时间也都很短暂。学校当局对他的教学方法都不认可，认为他夸夸其谈，不切实际。

一九四一年秋天,叶桐轩来到了开封。在谢瑞阶的举荐下，他受聘到开封师范担任美术教员。并开始与张乐天、许钧、陈玉璋等夷门书画界名流交往。他的授课受到学生们喜爱、热捧。校长数次带领其他教员来听他的观摩课，有一次甚至私下里拍着他的肩膀说："哪天去寒舍坐坐。"

叶桐轩授课、作画之余，开始了对美术理论的研究。一九四二初，着手撰写《国画教范》一书。一九四五年底完稿，共三十六万字，一九四六年由东平书局分为六册出版。这部书成为河南省最早的美术论著之一。书中第一次提出了"新国画运动"的概念。这段时间里，他围绕这一理念创作了一大批山水画。在传统的技法中运用了西方美术的透视学原理，把学到的西方色彩理念渗透到笔墨之中，以色助墨，以墨导色，起到了互相映衬的神奇作用。

一九五〇年夏天，叶桐轩忽然接到来自北京的一封信函。信函是中国美术家协会写来的。信函中说，人民大会堂河南厅需要张挂一批字画，时任中国美术家协会副主席的潘天寿点了他的名。让他尽快寄几幅作品过去，以备遴选。

很快，北京反馈来信息：叶桐轩寄送的《春风锦绣图》《牡丹》等六幅作品全部入选。

河南文艺界震动了。

新学期到来的时候，叶桐轩已不再任课了，他被提拔为了副校长，主抓全校的行政工作。

一九七〇年冬，叶桐轩被下放到开封师院农场进行劳动锻炼。第二年冬天，突发脑溢血住进淮河医院，不久病逝。消息传到老家淮阳，叶桐轩八十多岁的老父亲正在院门口晒太阳，他长时间没有说话，后来用拐杖指了指天，老泪纵横。

邹少和

邹廷銮（1872—1945），字少和。书法师承晋唐。

清光绪二十八年秋，邹少和在开封的河南贡院参加乡试，考中第三百八十九名举人。第二年，参加会试的时候，运气却没有那么好，进士榜名落孙山之后。

他父亲托门子，掏了些银两，在京城巡警部给他捐了个"警正"的职位。邹少和对这个"警正"不感兴趣，很是苦闷。那些日子里，他痴迷上了戏曲。很快，他与杨月楼、汪桂芬、俞菊生等京剧名角都成了好朋友。

辛亥革命爆发后，邹少和告别京城戏曲界的朋友，回到开封，在经教胡同定居下来。他与萧劳、张伯驹、靳志成立了夷门书画社，探讨绘画和书法。

邹少和的书法，四体皆工，尤以行草见长。他的行草独辟蹊径，以苏轼笔意写晋人风韵，潇洒而蕴藉。他认为，书法得给人以美感，如果书法去执意追求丑的东西，那不知书法还有什么存在的价值？

然而，书法对邹少和来说，只能算是客串，闲来捻管罢了。

人们津津乐道的还是他的画。在开封，他画画的名气要比他书法的名气大得多。

他是个花鸟画家。他的花鸟，走的是北宋徐熙一路，野逸潇散，山林之气浓郁，没有一点旧文人的造作。他并非不会画山水，在京师的时候，他的山水画照样技压群雄，田际云、程砚秋、尚小云等很多的戏曲界名伶都跟他学过画。京剧大家姜妙香跟他学画时间最长，后来又推荐自己的弟子沈曼华也来跟着学。

回开封后，因为一个人，邹少和不再画山水画。这个人就是祝鸿元。祝原在省政府任职，雅爱丹青，专注于山水画。晚年隐居夷门，以卖画为生。经人介绍，豫西大实业家耿某曾来开封京古斋买祝鸿元的山水画，一进店门，他却被另一幅山水画中堂吸引住了。那幅画画得烟雨空濛，层峦叠嶂，气势壮阔，而山深处勾一茅舍，有二高士煮茶论道，给画面平添了几许婉约。整幅画意境幽邃脱俗，耿某看得两手竟攥出汗来。耿某阅画即多，能让他一见心动的不多。

后来，耿某没有买祝元鸿的画，却把邹少和的那幅山水买走了。邹少和听说了这件事，跌足长叹，以后就洗手不再画山水画。

邹少和生性耿介，偌大的开封城，他愿意交往的人不多。但他能与祝鸿元彻夜长谈而不知疲倦，便把祝引为知己了。从北京回到开封，生活里少了京剧、梆子戏，邹少和觉得丢了魂一般。祝鸿元劝他去看看豫剧祥符调，并且对他说："祥符调中有个叫陈素真的，唱《三上轿》，那才叫好！"

邹少和说："不看！"

邹少和有个多年的怪毛病，从不看坤角的戏。他也说不出来什么原因，就是讨厌坤角戏。祝鸿元也没说什么，只是笑了笑。

隔几天，祝鸿元备了家宴，请邹少和去小酌两杯。去时，见祝家有一年轻女子，往日未曾谋过面。女子眉目清秀，看上去很瘦弱。正疑惑间，那女子向他开口打招呼："您老来啦？"一霎间，邹少和愣住了。这声音宛若雏凤在梅林中鸣啼，他还从没有听到过这么美妙的声音。他开始对这个瘦弱的小女子充满好奇。

席间，经祝鸿元介绍，邹少和才知道，和自己打招呼的那个女子就是豫剧名伶陈素真。

接下来的日子，邹少和一口气看了陈素真主演的《凌云志》《齿痕记》《涤耻血》等剧目，越看越想看，只要是陈素真出场的戏，他像着了魔一般，出出都去看。他完全被陈素真的戏给迷住了。

从此，邹少和开始研究豫剧，不久，他写出《豫剧考略》一书，成为第一部研究豫剧的专著。在这部著述里，给了陈素

一霎间，邹少和愣住了。这声音宛若雏凤在梅林中鸣啼，他还从没有听到过这么美妙的声音。他开始对这个瘦弱的小女子充满好奇。

真很高的评价，称她为豫剧中的梅兰芳。

一九三六年春，京剧名家尚小云来到开封演出，闲暇时去经教胡同拜访他，他向尚小云推荐了陈素真的祥符调。尚小云提出看陈素真的《涤耻血》，在唱这场戏的时候，陈素真的嗓子"倒"了，一时之间，竟无法登台唱戏了，她感到很痛苦。

邹少和常派人接陈素真到家里来，教她画花鸟，画草虫。过一阵子，夏天到了，有人拿了扇面让她画。画好了，看看，不成个样子。邹少和站在一旁，拿起画笔，左一涂，右一抹，再看，像一幅画了。

邹少和专门给陈素真写了一出戏，名为《蟠桃会》。看了本子，陈素真很喜欢，她在心里说："我要演火它！"刚演了两场，卢沟桥事变爆发，陈素真改为演《伉俪箭》《克敌荣归》等御敌救国一类的武戏。

日本侵入开封，邹少和所在的汴京面粉公司倒闭，他失业了。有旧时好友王某欲拉他出来给日本人干事，被他大骂一通赶出家门。

日本投降的那年秋天，邹少和病逝。

郑剑西

郑剑西（1901—1958），名闳达，师法颜真卿，以行入草，得《祭侄文稿》风韵。

郑剑西在夷门的十年间，究竟留下了多少幅墨迹，已没人说得清楚。只是在"文革"之前，他颇具《祭侄文稿》神韵的行书作品，还时而能在夷门的各大字画铺子里看得到。近些年，当他那蕴藉潇散、略带一丝文人忧愁气质的行书越来越受到热捧的时候，却很难一觅踪影了。

郑剑西在少年时代，热衷于三件事：诗、书法和琴艺。中年以后他把诗抛却了，这全是一种理念在作怪。他说他悟透了人生，要给自己实行减法，而书法和琴艺他不愿意丢。书法能让他尘世的灵魂得到安宁，琴艺呢？他不丢掉琴艺，为的是怀念一个人。他十九岁只身来到北京，在一个小衙门里谋到一个卑微的差事。不久，拜在京胡名家陈彦衡门下学琴，陈彦衡倾囊相授,使他很快有"青胜于蓝"之誉。后又介绍他与梅兰芳、程砚秋、姜妙香等京剧大师结识,给他创造到实践中去锤炼的机会。

与梅兰芳等人的相识,让郑剑西感到了巨大的压力,他逼着自己要把京胡演奏好。若干年后,郑剑西归隐家乡瑞安,也收了一个弟子。有一年春节,那弟子去给老师拜年,见师母正掂着脚跟收一件晒在绳子上的袍子,急忙跑上前去,帮师母把袍子收了下来。那是一件丝绵长袍,已褴褛破败,尤其惹眼的是那一行扣子,每个都有不同程度的磨损,有的甚至破残。那个弟子很是奇怪,不禁问道:"这已不能穿,怎么不扔掉呢?"师母意味深长地看他一眼,说:"这可是你师傅的宝贝!"很快,那个弟子就知道了原委。饭桌上,等喝了二两酒后,郑剑西解释道:"这些扣子见证了我练琴的经过!"原来,他虽说拜在了陈彦衡门下,却根本没时间练琴,衙门里的事务把他忙得焦头烂额,只能在上下班的时候,一边嘴里哼着琴谱,一边用手指头在扣子上练指法,不断的拨弄,以致袍子上的扣子时常脱落和破损。弟子钦佩不已。

一九二三年,郑剑西绕道开封西行到了长安,任陕西省政府秘书一职。临行,去给老师道别。陈彦衡送给他一把京胡,说:"宫廷里的东西,我人老了,拉不动了,送给你吧。"果然是一把好琴,琴身散发着桀骜的气息。刚拉那一阵子,郑剑西感到了惊慌,手腕上的劲道似泥牛入海一般,会刹那间消失得无影无踪。等他驾驭了这把京胡的时候，琴音清越，宛如凤鸣九天。不久，京城传来消息，陈彦衡病逝家中。隔一天深夜，郑剑西的住处突然起火，他因在外地公干逃脱一劫，那把京胡却在大火中化为灰烬。

一九二八年的初春，料峭的寒风依然在树梢肆虐。郑剑西来到了夷门，出任河南省政府秘书长。直到一九三七底，日寇进逼开封，他归隐故里瑞安。郑剑西到夷门的第一件事，就是完成了他的首部京剧曲谱《二黄寻声谱》一书的著述，并很快由上海大东书局出版。《文虎》半月刊杂志特约画师丁悚（漫画家丁聪之父）设计封面，施蛰存题签，上海《戏剧月刊》主编刘豁公题诗一首："手理丝桐寻板眼，舌翻珠玉辨团尖。分明不是人间曲，一字何辞报一缣？"诗是即兴而作，很调皮。书的内容写到了生、旦、净、丑等角的唱腔和身段，以及胡琴演员的演奏手法与特点。这本书让他结识了陈素真。有一段时期，他与陈素真来往频繁，并和樊粹庭一起，给她量身打造了豫剧《女贞花》。直到祝鸿元的出现，二人交往渐稀。

刘峙出任河南省政府主席的前一年，也就是一九三四年的夏天，河南连遭"三灾"，涝灾、旱灾和蝗灾，三千多个村庄不见炊烟，哀鸿遍野，饿殍满地。次年春，刘峙上任，成立河南赈灾委员会，并单独会见郑剑西，让他亲去上海接正在那里演出的梅兰芳来汴赈灾义演。义演在国民大戏院拉开帷幕，戏院建于一九二八年冯玉祥执政时期，内可容纳一万余人。义演前，刘峙在禹王台宴请梅兰芳及随同演员，宴席之简陋给许多演员留下了长久的记忆。头一天连续演了三场，剧目分别是《宇宙锋》《霸王别姬》和《凤还巢》，很多省政府官员摘下免费徽章自动购票，周边郑州、许昌、商丘等地的戏迷纷纷赶来，戏院连场爆棚。郑剑西私下找到梅兰芳，恳请追加场次。梅兰芳同意了，并主动提出除头等票以外降低票价，让老百姓也能看上戏。后来一连追加了八场戏仍没有满足观众的需求，但演员们已经累得唱不动了。义演结束，郑剑西登台向梅兰芳赠送了一幅汴绣匾额，上绣"灾民受福，德音孔昭"八个大字，据说是郑剑西的笔迹。

　　一九三八年初，郑剑西归乡途经温州，被该地最大一家戏院的冯姓老板拦了下来。也正是这次意外的"拦截"，成就了他琴艺史上的一段传奇。原来程砚秋正在这里唱《玉堂春》，带来的琴师突患急病不能出场，听说郑剑西下榻温州，便让戏院老板请去为他操琴救急。《玉堂春》最难唱的一折是"三堂会审"，大段的西皮慢板，全凭琴师"托腔"才能唱好。尤其是程砚秋这样的大角，对琴师的要求几近苛刻。因是旧时相识，郑剑西配合默契，靠二根琴弦将苏三如泣如诉哀婉悱恻的唱腔烘托到了极致。大家正听得入神，突然，"嘣"的一声，二根琴弦断了一根，戏院顿时一片静寂。众人的目光集于一身，郑剑西却气定神闲，硬是用一根弦将这场戏"托"了下来。谢幕之时，掌声雷动。

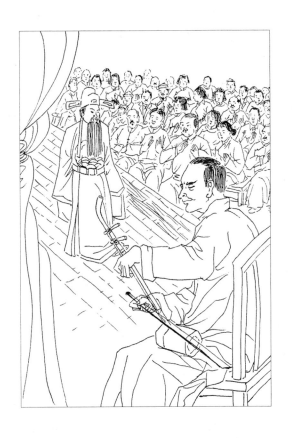

　　突然，"嘣"的一声，二根琴弦断了一根，戏院顿时一片静寂。众人的目光集于一身，郑剑西却气定神闲，硬是用一根弦将这场戏"托"了下来。

晚年，郑剑西患了严重的眼疾，据说是高度近视。他原想著一部名叫《祥符调》的书，也不得不断了此念。演奏京胡精力也不济了，他开始在剧目中客串某个角色来打发时日，譬如在《空城计》中饰孔明，在《定军山》中饰黄忠等，虽说在戏台上不戴眼镜他几近失明，但听着鼓板的起落，演得倒也板眼不乱。

一九五八年，郑剑西在上海寓所突然病逝，事前一点征兆都没有，因为那个时候他正坐在书案前，铺好了宣纸，戴上新配的眼镜，研墨准备临写颜真卿的《祭侄文稿》行书法帖。

秦乖庵

秦树声（1861—1926），字宥横，一字晦鸣，号乖庵。其墨迹收入《民国书法》，擅草书。

如果让秦乖庵在书法和仕途之间选择的话，他会毫不犹豫地选择后者。因为他曾给自己撰写过一幅联语，用书法抄了，挂在书房的醒目处。这幅联语写得很有个性：四壁图书生葬我，千秋孤寄冷看人。这是秦乖庵心迹的表露。乖庵是一个孤冷倔傲之人，天天一副冷面孔，再加上一双横看世相的冷眼，文人圈里肯定不会容下他。

有人曾提醒过他，改改怪脾气。乖庵听了，冷冷地说："天生就这脾气！"

坊间传，乖庵天生是个神童，四岁入私塾，六岁熟背四书五经，十四岁中秀才，二十一岁中举人。光绪十二年，乖庵考中丙戌科进士。这一年是狗年，记事的时候，他娘对他说，他会得狗的福，那年果然印证了。他留在了京城，被授予了一个工部主事的六品小官。过三年，升任工部员外郎，都水司行走。这期间，他有大量时间去满清皇家藏书阁，遍览有关天下水利方面的书籍。在藏书阁的日子，他几乎不和人交往，偶尔同僚喊他去喝酒，去雅集，他都毫不客气地予以拒绝，慢慢地，同僚们把他从视野中剔除了。

有一天，光绪帝忽然心血来潮，想编一部国家地理大典。来工部物色总编纂。这是个苦差，同僚异口同声地说："秦乖庵是不二人选！"这本大典的名字叫《地理勾稽图志》，现藏于"台湾故宫博物院"。乖庵率领一班老冬烘，坐了十年冷板凳，终于把这部惊世骇俗的大典编纂完成。光绪帝揽书大悦，下旨升乖庵为郎中。下旨那天，同僚们一个比一个后悔。

这些年，乖庵的书法在编纂《地理勾稽图志》大典过程中得到飞跃。对自己的书法，他变得也颇为自信起来。在很多场合与人谈起书法，谈起魏晋，谈起隋唐，他都会拿唐代的楷书大家虞世南、褚遂良作比，然后说："虞、褚伏吾腕底矣！"又说："书法小技，不必花费大功夫。"听了他的话，众人都默然。

秦乖庵曾说："大江以南，没有一个能提笔写文章的，湘绮可算半个。"一句话，把江南文人全得罪了。王闿运号湘绮，湖南人，晚清名士，曾是康有为的师爷，杨度的老师。此人一生著述等身，名气大得不得了，有《湘绮楼集》传世。有两个较真儿的主还真的找上门来了，一个是夏孙桐，字闰枝，一字

　　填一阵子，吟诵几遍，不满意，将纸团团，扔进废纸篓。再填，再扔；再扔，再填。如是反复，窗外天已大亮。

悔生，晚号闰庵；另一个是缪荃孙，字炎之，一字筱珊，晚号艺风。这两个江阴人的词都填得好，被人称为"词坛双煞"。

他们把秦乖庵约到工部门口外的小酒肆，因为都是熟人，喝着酒，说着闲话，不知不觉就有些飘了。耳热之际，艺风说："这样喝没趣！"乖庵问："那怎样喝？""我们以填词赌酒，怎么样？"乖庵一愣，说："就依艺风兄所说。"

两个词坛人物都暗自发笑。作词，是乖庵的弱项。大家轮流出了几个题，夏、缪二人很快就做出来了。乖庵应对了两首，都输了酒。到第三首词，无论怎样都做不出来了。夏孙桐冷冷地说："原来江北文豪却也填词不出。"乖庵一时无以应答，呆呆地坐在木凳上，眼睁睁看着二人走出酒肆去。

回到住处，酒已经醒了，乖庵燃上蜡烛，铺纸，磨墨，他要把那首词填出来。填一阵子，吟诵几遍，不满意，将纸团团，扔进废纸篓。再填，再扔；再扔，再填。如是反复，窗外天已大亮。当乖庵两眼布满血丝，一脸憔悴，拿着填好的词敲开夏家的院门时，夏孙桐反倒有些手足无措了，他不知该说什么好。只在心底长叹一声："这个人啊！"

民国期间，总统徐世昌对乖庵很感兴趣，让人把乖庵请到府上，拿出珍藏的苏轼书法墨迹，请他一饱眼福。书法展开，乖庵冷着脸，不说话。徐世昌问："开眼界了吧？"乖庵也问："你知道东坡的书法好在哪里吗？"徐世昌感到没趣，又拿出自己的诗集赠给乖庵。乖庵随手翻两页，冷冷地说："你不懂诗，还是省点时间吧。"二人不欢而散。

不久，民国政府任命他为河南提学使，督促他到开封任职。乖庵坚决地给拒绝了。早些时候，乖庵隐居海上时，遇见过一个游方道人。游方道人告诉他，有一个地方他不能去，这个地方叫夷门，也叫开封。

在北京居住两年后，乖庵有一个念头日益强烈，他想到开封去走一趟，也恰好在这个时候，清史馆聘请他编纂《续修河南新志》一书，他注定要到开封这个和他有着渊源的古城来了。在乖庵去世的前数年，他大部分时间都在北京和开封之间穿梭，以至于还闹出一出惊动开封书法界的绯闻，但那已经是另一篇小说的事了。

靳志

靳志（1877—1969），字仲云，号易斋。中国科举最后一科进士。擅书法，尤精章草书。

有一件事，靳志直到九十一岁那年的冬天还不能释怀，但到了第二年的仲春，他就微笑着说："那其实不是件坏事！"说过这句话，他便安详地闭上了眼睛。有人看见，一只灰色的猫这时从他的床下快速跃上窗台，然后消失得无影无踪。

二十岁那年他以乡试第五名的成绩中了举人。事后主考官张大人却给他寄来一封信，很委婉地告诉他应该在书法上多下些功夫。靳志冷笑两声，说："岂能为雕虫荒废时日！"将信函弃之纸篓。这年夏天，他家院里的那棵石榴树开出了红黄两种颜色的花朵。六个月后，他到了京城，参加戊戌一科的会试。在贡院伏案九昼夜，答完了所有的试卷。他很满意，文章做得顺手极了。他在京城租房子住下来，等待放榜的捷报。然而，他等到的却是一纸降罪书，说他书法太丑，罚停殿试一科！

靳志回到开封，数日不言不语。他父亲一天深夜把他叫到跟前，对他说："有件事我一直埋藏心底，没有告诉过任何人。"靳志先祖久居江南，他祖爷爷也曾参加科考，因为书迹滥劣被罚当众喝下墨水一升。喝下那碗墨水后，他祖爷爷再没有踏入科场一步，并且由江南悄悄迁移到了开封。

父亲的话让靳志感到心惊，他默默退回书斋，一个人在书案前坐至天亮。从这一天起，他每天用四个时辰临写欧阳询《九成宫醴泉铭》，直到参加下一次科考。靳志参加下一次科考是五年以后，中间因为庚子之变，庚子一科停考，等于对靳志罚停殿试两科，到了癸卯科才算考中了进士，但这已经是中国科考的最后一科了。

靳志在工部谋到了一个小官职，不久就被推举到京师大学堂译学馆学习英语和法语，他对这两门外语有着异乎寻常的兴趣，很快就能和外籍教师进行熟练对话，口语之流畅让外国人大感惊异。第二年，清廷往法国派出第一批留学生，靳志跻身其中，前往法国学习工业和政治经济学。

在法国，靳志经人介绍认识了孙中山，并很快加入同盟会，秘密从事推翻清政府的活动。他的一个红头发（模仿法国青年染制而成）同学掌握了他"谋反"的证据，拍成照片，寄回国向清廷告密。照片上只有靳志在一家咖啡店与两个法国贵妇人在聊天，窗外可见远处埃菲尔铁塔模糊的背影，除此看不出任何可疑之处，告密之事也就不了了之。民国成立那年，靳志回到北京，在大总统府任礼仪官。与荷兰建交后，他只身前往欧洲，任荷兰大使馆一等秘书。袁世凯洪宪称帝的第三天，靳志联名欧洲各使馆官员，电促袁世凯退位。袁世凯暴怒，撤去他荷兰使馆一等秘书职务，电令他回国，刚进北京即遭人跟踪，几惹杀身之祸，他情急之下穿件女人的旗袍才逃脱魔掌。后经徐世昌从中斡旋，袁世凯才愤愤作罢！

袁世凯倒台后，靳志进了外交部，很快又去了比利时。在布鲁塞尔做短暂停留，开始游历英法德等欧洲国家。每到一处，都要留下大量墨宝，他的诗词也被翻译成英文和法文，在校园广泛流传。法国给他留下的印象是神秘而浪漫的，这是一个艺术的国度，他到法国公立大学做过一次《关于中国书法美学》的讲演，而且挥毫作了演示，围观者很多，反响热烈，现场还有一个法国女郎挤到他跟前，让靳志在她衣服上题字，靳志很是窘迫。法国政府颁发给靳志一枚法兰西文学艺术金质奖章，到南京下火车的时候被小偷偷去了，他为此懊悔好长一段时间。

回到南京外交部后，因常年在国外奔走，靳志在这个机构内几乎没有一个朋友，被同僚疏远和孤立，感到了一种无奈的落寞。他让篆刻家寿石公刻了一枚"周览倦瀛壖"的闲印，寄托自己的情怀。从这一谢灵运的诗句中，有人已隐隐感到了靳志的归隐之意。抗战期间，靳志和中共代表出使苏联，受到斯大林的接见，二人结下深刻的友谊。据说这一次接见成了日后靳志备受国民党

　　罗一见惊呼：“此必古人所书，今人断不可为！”

靳志讲明原委，罗复戡尤喃喃自语：“吾不信！吾不

信！”

当局排挤的重要原因，内战爆发不久，靳志日益颓唐，终于被开除了国民党党籍。好在名还挂在外交部，领份工资糊口罢了。

这段时间里，靳志的书法有了颠覆性的变化。早年因科考而学欧阳询，后来改学王羲之和李北海的行书，想洗掉馆阁体习气，但总感觉笔力纤弱，大有力不从心的意味。他于是听从了于右任的建议，临写北魏的《张猛龙碑》，渐渐有了雄健的面目。正是在这个时候，他遇到了王世镗，颠覆性的变化由此而生。王世镗生性朴讷，成天不说一句话。他曾数次参加科考，却屡试不中。科考取缔后，王世镗闭门不出，精研章草数十年，书迹古拙苍浑几逾古人，人却已到穷困潦倒的窘境。靳志与王世镗一见投缘，并跟随王世镗学习章草，深得其神髓，后将《张猛龙碑》笔意引入章草，随成一家之面目。

当初，靳志曾拿着王世镗的书法去拜会章草大家罗复戡，罗一见惊呼："此必古人所书，今人断不可为！"靳志讲明原委，罗复戡尤喃喃自语："吾不信！吾不信！"

南京解放时，国民党外交部有人劝他一同前往台湾，他当即谢绝了。他又回到了开封，在北门外的小辛庄过起隐居生活。开封市政协成立书画组时，大家推举他当组长，他连连摆手，然后提议让夷门书法大家陈玉璋出任这一职务。"文革"之初，靳志受到揪斗。回到家，陈玉璋怕他出意外，也偷偷跟随着来了，安慰他说："挺挺就过去了。"靳志听着，只是淡淡地微笑。

徐
乐
三

徐乐三（1887—1972），又名徐其瑜。河南大学校长办公室秘书。书法以行书为主，有明清文人面目。

徐乐三年轻时叫徐其瑜，曾参加过开封的辛亥革命，失败后差一点被清廷砍了脑袋，在一个女诗人的帮助下逃出了魔掌。若干年后，徐乐三在众多的门生面前，还能丝毫不错地回忆起女诗人营救他的每一个细节，其记忆之清晰令在座的每一个人都大为吃惊。

做河南大学校长王广庆的秘书时，徐乐三还用原名徐其瑜。那时他除了开大会时写写讲话稿，有时替王校长跑跑腿办点杂事，他拥有大段的时间。王广庆是夷门书法名家，因了他的熏陶，徐其瑜也开始染指翰墨，挥毫练起书法来了。遵照王广庆的点拨，徐其瑜以魏碑为骨架，以明代书家行楷书作为元神，将峭拔与蕴藉两种不同的美融合在一起，倒也给人耳目为之一新的感觉。

从河南大学退下来后，徐其瑜就改了名字，开始叫徐乐三。乐三者，三乐也。其一是养花莳草之乐，其二为黑白手谈之乐，其三就是展纸挥毫之乐了。既然称之为乐，那自有参禅般的意味在里面。

在夷门延寿寺街 8 号的那处小院落里，徐乐三养了满院子的花草。这些花草都很普通，譬如素兰、茉莉、夜来香、西番莲等，有十数种。院子的一角，栽一丛修竹，很是繁茂，尤其是一场小雨过后，那种竹子的绿，浓得像要滴下来似的。竹林下置有石桌石凳，如有二三好友来访，这儿是吃茶清谈的好去处。

徐乐三还种了几株杏树。夷门习俗，院落里很少有人种杏树，可徐乐三不在乎这些。杏花开放的日子，满院子都是香的。徐乐三会搬来一张躺椅，躺在杏树下看书。一阵微风吹过，就会有杏花飘落，落到他的脸上、胸口和脚边，甚至会落到他的眼镜片上，他懒得动一动身子，就那样闭着双目，恍恍惚惚走进一个粉色的梦里。

春雨贵如油，但夷门的春天，雨水还是很丰沛的，隔几天都会下一场。天一放晴，总会有一两只粗野的黄蜂迫不及待飞过来，围着带雨的杏花嗡嗡地闹，有时还会钻进花蕊里去，花蕊不堪重负，和黄蜂一起跌落泥水中。

徐乐三走过来，弯下腰去，小心翼翼地用两个手指头把黄

　　会有杏花飘落，落到他的脸上、胸口和脚边，甚至会落到他的眼镜片上，他懒得动一动身子，就那样闭着双目，恍恍惚惚走进一个粉色的梦里。

蜂捏起来，手一抬，放飞了。

三乐的第二乐，是手谈，也叫坐隐，还叫烂柯。通俗的说法叫下围棋。

在围棋一技上，徐乐三最佩服的是梁武帝。梁武帝的《围棋赋》他倒背如流，对梁武帝的三部有关围棋的著作《棋法》《棋评》《围棋品》，他也有着很深的研究。其中梁武帝创制的"金井栏"一式，他已能化用。他佩服梁武帝，还有一层感情色彩。梁武帝一千四百年前也是生活在夷门，读他的文章，徐乐三觉得亲切。

和徐乐三下棋最多的是王广庆。王广庆小徐乐三几岁，从河南大学校长的位置上下来后，也是一个小老头了。二人下棋，半晌不说一句话，也很少有人围观，四周一片寂静，只听见棋子敲击棋盘的"沙沙"声。下棋时间长短，就看二人的棋兴了，兴尽则棋止。棋子一推，站起身，各走各的。

也有例外的时候。

譬如有一天，徐乐三去王广庆家下棋。第一局下到后半场，有人来拜访王广庆来了。徐乐三要起身，王广庆制止住了他，说："一个近门亲戚，不妨事，继续下。"那个亲戚是个见面熟，也许对围棋学了一招半式，在徐乐三旁边坐下来不久，就开始饶舌不休了。

徐乐三要落下一子，那人按住了他的手。说："这子一落，棋势就散了。必输无疑。"

徐乐三笑笑，说："这可是古棋谱中的'金井栏'招式，很是玄奥！"

那人颇不以为然，说："早老掉牙了，按我说的下！"

按那人的招式下了，结果输掉了这盘棋。那个人很惭愧，站起身，讪笑着离去。王广庆看着那人的背影，说："你不该听他的，输了这盘棋！"

徐乐三摇摇头，说："输赢是常事，驳了他的面子，岂不令三个人都尴尬？"

又说："下棋也就是图个快乐，合不着让别人不高兴。"

书法是徐乐三的第三乐。对于书法，徐乐三认为，让他快乐的并不是能写得多么的好，而是别人向他索字时候的那种感觉。走在大街上，碰见了熟人，熟人说："徐先生，哪天求您一幅墨宝。"徐乐三乐呵呵的，说："哪天都行，哪天都行！"

徐乐三有很多朋友。

风筝匠阿五就是这些朋友中的一个。有一天，风筝阿五的小儿子要结婚了，找到了徐乐三。风筝阿五说："你小侄子要娶媳妇了，你可得给他写幅中堂！"又说："等哪天写好了，我过来取。"

隔一天，徐乐三就把中堂写好了。他还很满意，把写好的中堂张贴在墙上，对着独自欣赏了半晌。然后折叠起来，装进公文包——虽说退休了，可他出门还是喜欢带着个公文包，准备去给风筝匠阿五送过去。走到大街上，恰巧碰见风筝阿五的小儿子，就从公文包里掏出写好的中堂，交给了这个小儿子。

这个小儿子回到家里，将那幅中堂随便往什么地方一扔，洗洗手吃饭去了。后来事情一忙，把中堂的事给忘掉了！

风筝匠阿五找徐乐三来拿字来了。问："徐先生，托付您的中堂写好了吗？"

徐乐三一愣，随即笑着说："写好了，写好了。"

风筝匠阿五把一小兜鸡蛋放在桌子上，站在那里等徐乐三去给他拿字。徐乐三显得很尴尬，搓着手说："再写，再写。"于是，又写了一幅中堂，交给了风筝阿五。

回到家，见了风筝阿五手中的字，小儿子一拍脑袋，说："早几天徐先生就把写好的中堂给了我，一忙，给忘到脑后去了！"

风筝匠阿五羞愧不已，他将儿子数落了一顿，以后，就开始躲徐乐三。在大街上走个迎碰面，风筝阿五一遮脸，就溜过去了。

徐乐三闹不明白这是怎么回事。

祝鸿元

祝鸿元（1876—1939），字竹言。书法师承董其昌、倪元璐，书风清雅。

祝鸿元祖籍是北京大兴人，但他人生的重要时期是在开封度过的，因此，在所有的场合，他都对人宣称自己是地地道道的开封人。

早年间，祝鸿元还生活在大兴的时候，家境很是殷厚，祝家有着上千顷的良田。他父亲祝老员外把他送进了北京最著名的私塾，希望他有朝一日能光祖耀宗。然而祝鸿元却不喜欢读"子曰诗云"，私下里投在了同光派诗人樊增祥门下学作艳体诗。樊增祥私下喜欢着女装，绿襦红裙，因此落个"樊美人"的绰号。樊增祥有一座藏书楼，取名"樊园"，藏书二十余万卷。祝鸿元常跑来樊园读一些杂书，有时读书忘记了时间，"樊美人"就会给他搬来一个软榻，让他在樊园里住下来。

也是这一段时间里,祝鸿元在樊园先后结识了梅兰芳和齐白石。

在祝鸿元眼中,樊增祥是个无所不能的人。尤其是在戏剧和书画篆刻等方面的造诣修为,已到了莫测高深的地步。祝鸿元曾亲眼所见,梅兰芳的拿手剧目《贵妃醉酒》《霸王别姬》《洛神》中的道白和唱词,都是经樊增祥修订后,才文采纷呈的。祝鸿元甚至认为,如果没有樊增祥,梅兰芳在京剧上不会取得那么高的成就。

齐白石刚到北京的时候,没有什么名气,画和篆刻都很少有人问津,生存成了问题。而这个时候的樊增祥已是文坛和艺坛上的名宿,他亲手为齐白石撰写了治印润格:"常用名印,每字三金。石以汉尺二分为准,石大照加,字若黍粒,每字十金。"这无疑为齐白石做了一次名人广告,齐白石的处境由此改观。

耳濡目染,祝鸿元除诗歌外,在绘画和书法方面也有了大进展。

清朝末年,樊增祥一度成为慈禧太后身边的红人,由他从中斡旋,祝家又出了一些银子,给祝鸿元捐了一个正七品的官职,到开封府属下的尉氏县做了县令。民国政府成立后,祝鸿元丢了乌纱帽,赋闲在开封山货店街的祝公馆内。随后再度出山,出任国民政府河南省财政厅厅长。

祝鸿元当财政厅厅长后,他所做的第一件事,就是由他出

祝鸿元成了黑妞的铁杆票友，只要她演出，祝鸿元每场必到。听到忘情处，站起身拼命地鼓掌。

资，让河南官书局出面，创办了一份《河南白话演说报》，大力推介各种流派的说唱艺术。发行三期后，又增设金石书画栏目，介绍河南书画篆刻界的知名人物。祝鸿元亲自主笔，以竹言为笔名，撰写《墨录》八章，在报上连载，内容从远古仓颉开始，中经蔡邕、蔡文姬、郑道昭、吴琚、王升诸贤，到明代周亮工止，详细论述了他们书法上的得失。

因为工作上的关系，祝鸿元与夷门书画名家丁康保、陈鄂年、陈鼎、邹少和、关百益有了频繁的交往，常在一起饮茶赋诗，挥毫唱和。尤其与邹少和甚是投缘，二人遂结为金兰之好。邹少和介绍祝鸿元结识了樊粹庭，三人一拍即合，成立了河南戏曲研究会，对当时在开封盛行的戏曲祥符调进行改革，并修改了部分在民间流传甚广的曲目。

樊粹庭举荐民间艺人黑姐演唱这些剧目，很快在开封引起轰动。祝鸿元成了黑姐的铁杆票友，只要她演出，祝鸿元每场必到。听到忘情处，站起身拼命地鼓掌。此时的祝鸿元已经六十余岁，白发飘拂，成了戏场上的一景。很快，黑姐成为祝家的常客，每次来，祝鸿元都会亲自下厨。祝鸿元本来是做油煎豆腐的高手，因为黑姐不吃豆腐，他从此不再做这道菜。他专意为黑姐创制了一道菜：白菊花——是用上等的龙须菜为原料做成的，洁白如雪。

有一次，黑姐问他："祝先生，您为什么喜欢给我做这道菜呢？"

祝鸿元不假思索地回答："因为你虽说叫'黑妞'，手却白得像龙须菜那样晶莹剔透！"又说："这双手天下独一无二。"

祝鸿元托人从上海买来一架风琴送给黑妞，还把京剧曲谱和祥符调结合起来，编写一部《风琴戏曲谱》简易本，并在很短的时间内教会了黑妞弹奏《虞舜熏风曲》《花六板》《梅花三弄》等几支曲子。会弹这几支曲子后，每逢家中宴请重要客人，祝鸿元都会派人用轿子抬黑妞过来弹琴。这一天，从北京来了一个客人，这个人也曾拜在樊增祥门下学过诗歌，与祝鸿元有同门之谊，二人原来极为投缘。这个同门后来去了日本，说是去研究日本的俳句，不知什么时候又回到了国内。

祝鸿元派人接来了黑妞。黑妞弹起了《虞舜熏风曲》，弹到紧要处，"噗"——一个琴键哑了。黑妞愣一愣，一落手，"噗"——又一个琴键哑了！琴是弹不成了，黑妞有些不知所措。祝鸿元站起身，打圆场地说："清唱一段《三上轿》吧。"将脸转向日本归来的旧时同门，说："这可是黑妞的拿手剧目，民间都编出顺口溜来了'卖了牲口卖了套，也要听黑妞的《三上轿》'。"那同门就面色僵硬地笑笑。

黑妞清清喉咙，就开始唱起来了。唱完一句"崔家女哭哭啼啼我把这孝衣脱，无计奈何，我换上紫罗"。突然，意想不到的事情再次发生，黑妞在毫无征兆的情况下倒了嗓子，一个字都吐不出来了。

祝鸿元黑了脸，对那同门说："神都与你作对了，你还有什么办法？"

黑妞后来成为一代豫剧大师，被誉为"豫剧皇后"。

郭风惠

郭风惠（1898—1973），字麾霆，号堞庐、不息翁。以行书见长，师法颜真卿、何绍基。刘春霖称之为"中国现代第一书法家"。

郭风惠是在人生最低谷的时候走进夷门的。时隔多年，躺在病榻上的他还依然记得那个清晨：夷门的街道上到处飘扬着雪花一般的柳絮。在北土街的街口，一个清瘦的年轻人正站在那儿等候自己。无疑，他就是电报中的谢瑞阶了。那天早晨，谢瑞阶领着饥肠辘辘的郭风惠去"老白家"羊肉汤馆喝了一顿羊肉汤，那种鲜美的味道让郭风惠回味终生。

在谢瑞阶的介绍下，郭风惠很快融入了夷门书画界。半年后，日寇的魔爪伸进了夷门。有一天，郭风惠从外面回住处，见身后有两个陌生人跟踪他。脱险后，他把这一幕告诉给谢瑞阶，谢瑞阶也毫无办法，只好劝他尽量少外出。恰在这个时候，谢瑞阶所在的开封女师接到通知，要迁址到伏牛山区去，便建议郭风惠同行。郭风惠同意前往。

吃过晚饭，二人常去野外小溪边闲走，或者坐在山坳的巨石上，一边听草虫唧唧，一边谈论书法绘画和诗歌。皮肤上被蚊虫叮咬得疙瘩一片红一片。回到茅屋住处，睡不着觉，整夜整夜做梦，梦见战火纷飞的场景。披衣坐起，窗外月色如水。果然就想起在二十九军的一些事，脉络如月光一般清晰。

"柳条湖事件"后，宋哲元的二十九军高喊着"宁为战死鬼，不做亡国奴"的口号，决心与日寇决一死战。这个时候郭风惠投笔从戎，来到抗战一线，将先秦诸子及历代民族志士的爱国言论编纂成小册子，印发给抗战士兵，以一个诗人的激情给将士们讲解。很快与宋哲元手下几个将领赵登禹、张自忠、佟麟阁等结下深厚友谊。

期间，郭风惠结识了一个奇人，镖王李尧臣。一天黄昏，佟麟阁带他拜访了镖王，延请他到二十九军出任武术总教官，组建大刀队，传授他的"无极刀法"。一年后，大刀队显示出了威力，喜峰口那场战役，镖王手中的无极刀砍下了三十七颗日寇的头颅。大刀队一个不满十八岁的队员在战火中砍杀十个日寇后，哭着说："狗日的都是洋枪洋炮，可我们手里只有大刀啊！"这场战役后，日寇人人脖子上就多出了一个铁圈圈，大刀队形象地叫它"铁围脖"。

也是在这场战役中，郭风惠几乎丢掉了性命，是镖王及时

　　两年后他去上海参加一个艺术活动，听说张自忠将军在鄂北南瓜店壮烈殉国，竟当众号啕大哭，以泪调墨，为旧友写下长幅挽联。

赶来救了他。他随赵登禹将军在硝烟里冲杀，突然一个日寇兵从荆棘深处跃出，举刀朝他刺来，身在一丈开外的镖王像大鸟一般地扑向日寇兵，用手掌抓住了刺刀。

战役结束，郭风惠回到家乡，出任河间三中校长一职。课余写出剧本《镖王李尧臣传奇》，交北平石印馆刊印，但遭当局查封，后失去踪迹。

一段时期内，郭风惠与刘春霖交往频繁。刘是中国科举最后一榜的状元，以书法名世，坊间流传有"大字当学颜真卿，小字当学刘春霖"的谚语。他的小楷书法冠绝一时。刘春霖与郭家是世交，为郭风惠长辈，却把他当"小老弟"（刘春霖把郭风惠介绍给宋哲元时就是这样称呼的）看待。刘春霖十分欣赏他融合了颜真卿与何绍基二家风神的行书书法，称其为"中国第一"！

正当他下大力气在书法道路上进行探索的时候，日寇发动"卢沟桥事变"。宋哲元来函召他重回二十九军，共商抗日大计。他拜别鬓发斑白的老父亲，再次走向抗日前线。途经泰山，挥毫写下"灭日寇"三个大字，每字两米见方，镌刻在巨石之上。这三个字令日寇深感恐惧，用两吨炸药炸碎了巨石。很长一段时间，作为书法家的郭风惠消失了。

日寇间谍将他列入暗杀名单。北平沦陷后，郭风惠化装逃了出来，先是逃到天津，乘船出海，然后悄然潜入黄河入海口，舍舟徒步沿黄河而上。他不想让自己的行踪走漏哪怕任何一点风声!

在开封的日子里，他被谢瑞阶对艺术的执着所感染，经过思考，认为自己还是应该在书画艺术领域有一番作为，因此，当张自忠将军三次派人邀请他去三十三军担任秘书长一职时，他一一谢绝了。然而，两年后他去上海参加一个艺术活动，听说张自忠将军在鄂北南瓜店壮烈殉国，竟当众号啕大哭，以泪调墨，为旧友写下长幅挽联。

全国解放后，郭风惠回到北京，与陈叔同、章士钊、李培基、张伯驹等组建"稊园"诗社，开展文学活动。郭风惠着手编写《诗话》《书法论》《宋哲元将军史略》《张、赵、佟将军史略》等著作。过二年，又与陈云诰、张伯驹、郑诵先等人成立了新中国第一个书法组织：北京中国书法研究社。书法研究社成立的头一年，郭风惠在北京和平画店举办了"郭风惠书画展"，开个人书画展之先河，一时效仿者甚众。

谢瑞阶多次到北京参加诗社和书法研究社的活动，探讨诗艺和书法。谢瑞阶晚年以章草作为主攻方向，就是受到了章草大家郑诵先的影响。有一年，郭风惠送给谢瑞阶一把精美的湘妃竹折扇，象牙扇轴，刻着"王星斋扇庄"字样。扇面为郭风惠与汪溶合作。本来郭风惠以书法见长，汪溶作画最精，这里二人却来了个小小的"反串"：郭风惠作画，画的是石榴小鸟，甚是灵动；题字者是汪溶，行书得几分右军神韵。此事传为佳话。

冯友兰

冯友兰(1895—1990),字芝生。曾任中州大学文科系主任。书法苍茫奇古,一如哲学般艰涩。

冯友兰祖上可能出过武将,因为他记得小时候祖母的房间里挂满兵器。他常在这些兵器前徘徊,对这些兵器充满幻想。成为清华大学哲学教授以后,闲暇逛古玩铺子,冯友兰留意最多的就是那些形状各异的古代兵器。他曾在一个偏僻的小巷子里一次收罗了上百支的弓箭头,有三分之一为响箭,精致无比。他将这些箭头小心翼翼地运至家中,整整一个下午都在抚摸它们。后来,他收藏的兵器达到数百件,便在清华大学校内搞了一个展览。新中国成立后,他将这几百件古兵器悉数捐献给了国家历史博物馆。

十三岁那年,冯友兰少年生涯中发生了一件改变他人生轨迹的大事,他的父亲突然病逝了。那时候,他父亲正在崇阳

　　他曾在一个偏僻的小巷子里一次收罗了上百支的弓箭头，有三分之一为响箭，精致无比。他将这些箭头小心翼翼地运至家中，整整一个下午都在抚摸它们。

县令任上，他在县衙里读私塾。师爷当晚找到冯友兰的母亲，说趁官印还没被收回，想法弄一些钱来。弄钱的办法就是多印一些"草契"，再上报一些亏空。被拒绝后，师爷冷笑着告退，依旧印了"草契"并上报了亏空。他母亲整夜以泪洗面，对他说："他们这是拿着你父亲的脸皮去耍赖啊！"母亲的这句话，一直到冯友兰暮年，还依旧在他耳畔回响。

这一年的初秋，冯友兰跟随母亲回到了唐河县老家。不久，冯友兰以第一名的成绩考进中州公学，来到了开封。先他之前，他伯父家的大堂兄、二堂兄都已在这个学校读书，他的到来，等于冯氏三兄弟在开封聚合了。

在开封的数年间，冯友兰几进几出，以开封为中轴旋转。中州公学读书两年，考进校址设在上海的中国公学。这家学校的校长是黄兴，但一直到毕业，冯友兰也没见他在学校露过面。中国公学毕业，他直接在上海考入北京大学。假期仍回开封等待开学。数年后，再次回到开封，去一家中等专科学校教国文。期间与十几个同道每人出资五块钱，创办了《心声》月刊，冯友兰被推举为主编。他还在开封成了家，妻子是革命家任芝铭的三女儿。他们很快有了第一个孩子。考取美国哥伦比亚大学哲学留学生后，冯友兰奠定了终身所走的道路。又五年，冯友兰通过论文答辩。绕道加拿大依旧回到开封，与家人团聚。

没回国之前，中州大学成立，校方联系了冯友兰，许以文科系主任一职。因此，冯友兰见过母亲和妻儿后，直接到中州大学上任了。一学期不到,北大同学傅佩青专程来开封找他,说自己在北京担任了好几家大学的哲学课,每月的收入有四五百元(一个颇可观的数字),现在他要去做别的事了,想让冯友兰去北京接替他。冯友兰还没有表态,他的母亲就在一旁劝他说:"人得讲个先来后到,这是信誉。"冯友兰于是拒绝了傅佩青。

当时中州大学校一级的领导只有两个人,一个是校长张鸿烈,另一个是教务主任李敬斋。张校长主要是应对社会各个方面的关系,李敬斋主任负责学校内的教学事务。第二个学期,李敬斋调任他处,冯友兰想补这个空缺,他把这个想法跟一个知己教师说了。那个教师是开封本地人,他眯着眼问冯友兰是真想干还是假想干,如果真想干就得要一点手段,譬如你我联手挑动学生先给校长出点儿难题,然后再找一个政府的大员走走路子。冯友兰不愿意这样做。那个教师摇摇头,说,那你肯定没有半点的希望!

冯友兰不愿意搞阴谋,除了他母亲打小对他的教育外,还与一件事对他的影响有关。他在北京上大学时,正赶上袁世凯竞选总统。袁世凯玩弄一招诡计,让警察把反对派议员的当选证书逐一收回,说开会前上边要查验证书,验后送回,并说不影响进出会场。议员到国会开会时,却进不去大门。把门的警察告诉他们:"认证不认人!"这件事刺激了他,他感到那太过下作。因为与袁世凯是老乡,从那以后,凡是有人提到袁世凯他都觉得脸上发烧,如今,他岂会再去效仿袁世凯!

不出友人所料，冯友兰没有谋到这个职位。

他要离开开封了。有人劝他："留下吧，会有机会的。"他回答："人说出的话就像挽弓射出的箭，岂能回头！"

冯友兰曾与书法家沈尹默谈书法，冯友兰从哲学的角度申明了自己的书法美学观。他认为，书法的优劣，主要是看作品气韵的雅俗，气韵雅，即使技法不够纯熟，假以时日，也一定会步入艺术的殿堂；气韵俗，即使技法已到了炉火纯青的地步，其书法终为野狐禅。这一观点得到了沈尹默的肯定。

丁康保

丁康保（生卒年不详）。1919年任开封县知事。书法取法杨凝式。

某个阴雨连绵的早晨，丁康保走进了开封县衙。从这一天起，他就是开封县的知事了。

各类官职中，最难做的可能当属县令了。怎么个难做法？北宋名臣包拯做了一年半的天长县县令后，写过一篇叫《论县令轻授》的文章，说得很是详尽，可找来一读。

历朝历代中，县令最难做的，应数民国。民国的县令，已被喊作县长了。豫东地区，有一个时期是把县长喊作知事的，这一叫法在民间沿袭至今。这个"知事"，就是当家的意思。

上任不久，丁康保就体味到了当家的"难"。

他的前任，就是给"难"吓跑的。前任知事姓李，是个诗人，出版过三部诗集。他的诗都是写动物的，光是写老鼠的诗歌就有三十多首。他说他是从《诗经》里受到的启发。他的这一做派，开封大军阀赵倜很是看不惯，说他的脑瓜子灌了水，是一个已经骑到疯人院墙头上的人！

有一天，赵倜把李县长叫去，对他说："要打仗了，准备二十万大洋作军饷！"那天下午，李县长坐在县衙里，前前后后算了两遍账。算到最后，豆大的汗珠挂满额头。开封县不足十万人，等于每个人头上增加了两块多的大洋。这天夜里，李县令噩梦不断。黎明时分，李县令把县印挂在县衙的梁头上，乔扮成农夫逃出了县城。

刚上任的那些日子，大军阀赵倜并没有找丁康保的麻烦。公干之余，丁康保还有闲情去练练书法。他对五代杨凝式的书法情有独钟，《韭花帖》他能够背临无谬，而且形神俱肖。我曾见他给同僚黄俊东临写的《韭花帖》扇面，潇散的风韵几欲过之。

那天黄昏发生的一件事，令丁康保意识到了潜在的危险。他行色匆匆，急着要到开封去见一个故知。走到开封县城的西门口，两个士兵用枪拦住了他，蛮横地告诉他，太阳已经落山，任何人不得出城！

回到县衙，头皮依然发紧。他连夜修书一封，寄给旧友张伯英（著名书法家，曾做过军阀段祺瑞的秘书），要他写一副对联寄来，而且务必落上"康保吾兄惠存"字样。在信纸的一角，他用县衙的朱笔加了一个大大的"急"字。很快，张伯英的墨迹寄来了。丁康保装裱后悬挂在县衙会客厅的醒目处。

过一段时间，赵侗带了两个马弁来拜访丁康保，一进县衙的会客厅，他就看见了张伯英的那副对联。那副对联让赵侗的脸由坚硬如铁一下子变得柔软似水了。他举手与丁康保打了两个哈哈，很快就告辞了。赵侗知道，张伯英是他得罪不起的主儿！

不久，开封县出现一个飞檐大盗。短短半月之间，偷遍了赵侗在开封县的三家土豪亲戚。盗贼光顾赵侗三姨太娘家时，偷了三颗夜明珠。临走，将一夜壶的尿灌进了赵侗三岳丈的嘴里。以至于这岳丈之后只要见到液体，都要狂喊："尿，尿，尿！"

赵侗命丁康保亲自出马，限十日内破案，抓获盗贼，悬头城门。

盗贼是在黄河故道一孔荒废的窑洞里抓到的。很清瘦的一个人，如果走在大街上，和他人绝没有什么不同。当他看到丁康保和众衙役时，很淡然地说："让我给老母亲把这顿饭做完！"

丁康保这才看清楚，窑洞的一角，地铺上躺着一个老太婆。花白的头发如衰草一般粘在头顶。她看着丁康保，眼里没有一丝的惊愕，温和而平静。看着这双眼睛，丁康保觉得心碎了。

回到县衙，丁康保把张伯英的那副对子撕下来，一把火焚烧掉了。

丁康保辞去了开封县知事一职，在开封的城郊，临汴水的北岸建起一处茅舍。他开出了一片荒地，种些稷黍稻谷，过起了农居生活。

一天早晨，丁康保来到汴水边，见一个玄衣老者不断捡起岸边的碎瓦片，然后一弯腰，手一扬，突突突，打出了一串串漂亮的水漂儿。

丁康保对老者说："这是顽童的把戏啊！老者不应该玩的！"

老者幽幽地说："我要用这种方式把汴水填平！"

侯云升

侯云升（1883—1966），字旭东。擅行楷书，尤精于用笔。晚年隐居雍丘围镇。

今天的夷门书坛，知道侯云升的人已经很少了。宗致远先生的《开封书法百年》一文中曾提到过他，也是一笔带过。王宝贵先生主编的《二十世纪开封书法作品选集》一书收其书法墨迹一帧，是他所擅长的行楷书，形制为六尺条幅横批，内容为书周亮工的《真意亭诗》，典雅古拙，观之悦目。除此，再无他的任何消息了。很是遗憾。

壬午年仲夏，我去蔡邕故里围镇拜会乡贤文沛公，住在文姬客栈。头天晚上邀文沛公来宾馆闲聊，不巧他患了感冒，鼻子嚷嚷的，说话有一句没一句，很快都失去了谈兴，他便带着歉意告辞了。第二天，文沛公一早就打来电话，说感冒加重，要到镇上的医院输液，下午再碰面。下午文沛公没有来，黄昏时分，吃过饭，我正准备收拾收拾去文沛公家看看，忽然有人敲门。

进来的是一个陌生的中年模样的汉子。稍后的交谈中得知，他已经步入花甲之年。我大为吃惊，他看上去和实际年龄实在相差太远了。来人一直微笑着，轻声细语地说，他姓侯，是文沛公介绍他来的。他爱好书法，听文沛公说我是个书法评论家，是来想让我给他指点一二。说着，便把随身带来的化肥袋子打开了，我这才看清，鼓囊囊的化肥袋子里面全是他的书法作品。

他半蹲在地上，把作品一张一张地展开，一点也不慌张，很是从容淡定。当他打到第五张的时候，我被眼前的景象惊呆了。

第五张是一幅行楷书，书法面目和侯云升如出一辙。如不是得侯云升真传，绝不会把侯的独特笔法掌握得如此纯熟。

我说："走的是侯旭东的路子。"

他笑笑，说："我叫侯朝晖，侯云升是我伯父，小的时候，他手把手教过我临帖。"

我真的不敢相信，世上竟会有这样巧的事！我急忙拉他到桌子旁坐下，又喊来客栈老板，让去炒两个菜弄瓶酒，我要与侯朝晖彻夜长谈。我对侯云升感兴趣很久了，可多年来一直苦于寻觅不到他的丝毫线索。

几杯酒下肚，侯朝晖像换个人似的，脸变得通红，说话不

　　他小的时候，大概十余岁吧，在乡村茅屋昏暗的灯光下开始学习书法，他的启蒙老师就是他的伯父侯云升。

再轻声慢语，开始激越起来。

他说，他现在真后悔啊！他小的时候，大概十余岁吧，在乡村茅屋昏暗的灯光下开始学习书法，他的启蒙老师就是他的伯父侯云升。侯云升从开封回到围镇的时候，带回来了大量的碑帖，这些碑帖在市面上难得一见。开始，侯云升让他临《礼器碑》，临了一阵子，他觉得枯燥，临不进去。有一天，在伯父的书斋，他见到柳公权的《玄秘塔碑》，一下子就喜欢上了，趁伯父不注意，揣在怀里带回了家。从这一天起，他开始偷偷临《玄秘塔碑》。不久，伯父就发现了他这个秘密，倒没有说他什么，只是委婉地告诉他，初学书法，最好不要写楷书，尤其是唐楷。说到底，书法是抒写性情的，而唐楷法度森严，性情尽失，背离了书法的根本。再说，这么小就写唐楷，只能泯灭天趣，日脚一长，想将情感注入笔端而不可得，那还谈什么书法，一个写字匠而已了！

我说，这些都是学习书法的箴言啊！侯云升深得书法三昧。

侯朝晖叹了口气。说："那时候小，不懂啊！即使到了今天，也是懵懵懂懂的，不十分理解。"

我无话可说。

后来，发生了一件事，侯云升把他这个侄儿狠狠地训斥了一顿。

隐居围镇的日子里，很少见侯云升染指翰墨，镇上几乎没有人知道他是个书法家。某个阴雨连绵的中午，侯朝晖去伯父家，走进院子，见当院站着个穿黑衣服的陌生人，正和伯父说笑。不久，他们走进到屋内，开始铺纸研墨。那是侯朝晖第一次见伯父濡墨挥毫，以致在后来的若干年里，伯父挥毫的一幕时常在眼前闪现，挥之不去。伯父每每落笔之前，会先将额前的三缕长发狠狠地往后一甩，甩的速度很快，唐朝晖似乎听到风的呼啸。收笔的时候，伯父右脚缓缓地抬起，抬起，笔势将尽，啪！笔起脚落。这一脚跺在地上，也跺进了侯朝晖的记忆。记忆里，这一脚跺得真是潇洒至极！

正是这一幕，侯朝晖开始迷恋伯父的书法。在他看来，伯父的书法，比什么《礼器碑》《玄秘塔碑》都强到天上去了！他回到自己家里，凭着记忆把伯父所书写的内容默写下来，然后进行修改。直到认为和伯父的字迹很相像了，才张贴在墙上，对着临写。那天下午，他兴奋得脸色绯红，一双小眼睛贼亮贼亮的。

过了一阵子，有天侯云升来侯朝晖家借锄头，看见侯朝晖正对着墙壁练书法。起初，侯云升以为他在临古帖，微笑着走近他。当他看清楚侯朝晖临的是他的书法(而且还是二手的)时，气得重重地把锄头掼在地上，喝道："临我的东西，不会有啥出息！"

侯朝晖还没见过伯父发这么大的脾气，小脸涨得通红，手颤抖得毛笔都握不住了。侯云升缓和一下语气，说："孩子，不管你能在书法的道路走多远，起步一定得从临古帖开始。"侯云升翻阅几下侯朝晖的临帖日课，像忽然想起了什么，在床上坐下来。说："还有一点也要记住，临帖不要这山望着那山高，两三千年来，流传至今的好字帖不计其数。今天你喜欢这家，临几笔，明天喜欢那家，又临几笔，到头来你不会学到书法的精髓。你见过镇上挖井吧，如果这里挖几锨，那里挖几锨，你永远挖不出水来。临帖要专注于一家，临精临透，然后再博取他家之长，方可能有些成就！"

夜已经很深。窗外传来草虫的唧唧声。侯朝晖已有些醉眼蒙眬，脸也更红了。他又重提让我给他指点书法的话题。我不接他的话茬，只是静静地看着他，想：再有高人传授，天质不逮，也是无可奈何的事啊！想到这里，我对他说："你就把书法作为一种爱好吧，那何尝不是人生的一大乐趣呢？"

侯朝晖转换了话题。他忽然问我："伯父写书法时的那一脚，我学了几十年都没学好，船究竟弯在哪里呢？"

我笑了。我想起了米芾。米芾在皇帝面前挥毫，敢大呼"一洗二王恶札"，那是真性情的流露，是别人学也学不来的。我想，这就是侯朝晖所要的答案。但是我没有告诉他。

酒席即将散的时候，我向侯朝晖提出了我的疑惑。侯云升为什么会忽然隐居雍丘围镇呢？侯朝晖已显得有些迟钝，沉思半晌，说："我也曾数次向伯父问起过这个问题，每一次他都是面色凝重，以这不是小孩子应该问的事来打发我。后来隐隐听说，他在开封得罪了省政府的某位要员。"

　　我沉默了。有些谜是注定没有谜底的。

　　第二天，我去向文沛公告辞。他仍卧病在床，满脸的倦容。说到侯云升，他轻轻一声叹息。我不由感慨道："像这样的先贤，有多少匿迹于尘世之间啊！"又说："我想把他们发掘出来。"

　　文沛公没有说话。他摇了摇头，后来，又点了点头。

陈雨门

陈雨门（1910—1995），原名陈禹门。民盟成员。擅行书，文人气息浓郁。

陈雨门出生在豫东睢县一个没落的书香世家。他自幼跟着祖父过生活。他的祖父陈继修是前清举人，早年曾受清末探花冯文蔚亲传，书法自成一体。陈继修对清廷忠心耿耿，尽管已经到了大清覆灭后的民国年间，他依然留着长及腰间的辫子招摇过市，常常引来一群顽皮的小儿跟在他的屁股后面呐喊起哄。

陈继修古板而严厉，为了背诵四书五经，陈雨门稚嫩的小手没少挨祖父的板子，由此他的小手经常肿得像吹了气的馒头一样。也正是因在自己家太紧张压抑，他偷偷喜欢上了对门的栗氏。栗氏是寡妇，两家本无来往，有一天陈继儒出门了，陈雨门站在栗氏的门前玩耍，吱呀，柴门开了，栗氏微笑着朝他招手，还拿出珍藏的带玻璃纸的糖果让陈雨门吃。第一次吃这种糖，那种甘甜，若干若干年后，在开封城墙上的那间狭窄而昏暗的"无梦楼"里，陈雨门依然记忆犹新。

这一天，陈雨门打开了话匣子，他与栗氏无话不谈。聊了一会儿，栗氏摇着纺花车说："我给你出个谜，你猜猜看！"陈雨门茫然地点点头。栗氏说："一个小猴，关门露头。"陈雨门站在那儿，圆圆的小脸涨得通红。他觉得好玩，但他猜不出来　，四书五经里面没有这么好玩的东西。栗氏解开了他小褂子上的一个扣儿，然后又重新给他扣上。陈雨门一下子全明白了。回家的时候，一路上，陈雨门把那粒扣子解开了又扣上，扣上了又解开，嘴里不停地念着："一个小猴，关门露头……"

一九三四年，陈雨门来到了开封。先是进河南美术专科学校读书。读书期间，他去的最多的地方是书店街的"大陆书店"，该店的店主是著名作家姚雪垠。两年后，在姚雪垠的举荐下，陈雨门进《河南民报》做了校对，继而又做了副刊编辑。成年的陈雨门依然对谜语情有独钟，他在《河南民报》副刊开辟了"谜语"专栏。

也是在这个时候，陈雨门结识了开封诗人于赓虞。于赓虞不分季节的穿一件紫红色的长衫，长发打着卷地披拂在肩头。他的诗多把鬼魅、荒坟作为写作对象，内容凄冷孤寒。陈雨门一下子痴迷上了这类诗歌，他拜在于赓虞的门下，开始了他的诗歌写作。一段时期，陈雨门的诗作中无处不弥漫着于赓虞的气息。他的《古城楼》里的诗句："晚鸦驮回野外荒坟上的败絮，给颓靡的旧城楼贴花黄。"可视为这个时期的代表。

陈雨门发疯般地写诗,一天有时能写十几首。他用笔名"尚雨"在《丁香诗刊》发表了三首小诗,挣得三毛钱稿费。他用这平生的第一笔稿费买来八十个鸡蛋,每天煎鸡蛋果子吃,吃得他枯黄的脸上有了几许的红润。

很快,陈雨门就摒弃了这种诗风的创作。他对诗歌有了自己的见解。在《中国新诗的前途》一文中,陈雨门阐述了自己的诗歌主张,并对陈赓虞一类的诗歌进行了抨击,认为那是"颓废的,看不见人间的辽阔,一个人在走一条孤独的路子",是新诗发展的绝大障碍。他倡导写诗要向白居易学习,妇孺都能读得懂,要平民化,使诗歌创作走向民间,走入大众生活。

在稍后与诗人武慕姚、李白凤、郝世襄等人的雅聚唱和中,陈雨门也会偶来一拈紫羊毫。他的仕女画,清新淡雅,颇有可观处。书法走的是俊逸一路,无论篆隶或是行草,面目极具明清文人风韵。河南大学教授于安澜写诗赞誉道:"兴来拈毫恣挥洒,情性到处不求工,云烟满纸谁识得?文人气息自盎然!"一时间,河南书法界把他和武慕姚、郝世襄、于安澜并称"河南四大文人书法家"。

对于书法,陈雨门从没有拿出整块时间去练习过,有时甚至好几个月都不去摸毛笔。他认为,有时间了应该去多读一些书,书法是什么?是治学之余事!他也从不因为练书法而去买宣纸,他练书法多在陈旧的报纸上练,或者废弃的各类包装纸,

　　陈雨门曾经写过一篇关于开封斗鸡的传奇，名字叫《开封斗鸡的两大门派》。

再不，友人来信的信封，这些，都是他练书法的较好选择。

步入中年以后，陈雨门忽然对开封地区的民风民俗产生了浓厚兴趣，创作了大量的民间传奇和故事。他写这些东西，不是为了发表，只是觉得好玩。他说："开封是一座民间艺术的宝库，世界各地的风俗，在开封都能找得到影子！"

陈雨门曾经写过一篇关于开封斗鸡的传奇，名字叫《开封斗鸡的两大门派》，在这篇传奇里，他把开封斗鸡分为城东和城西两大门派。文章写好，他读了两遍，笑了两遍，然后，顺手丢在了书桌上。

开封有一个年轻作家，很有才华，他常来陈雨门的"无梦楼"请教一些文学创作上的问题，或者让陈雨门给他开个书单，等回去后，照单去图书馆借来读。

一个秋叶飘落的黄昏，年轻作家又到"无梦楼"来了。说了几句闲话，他就看到了陈雨门刚写的那篇传奇。他拿在手里，读了几页，就不舍得放下了。

他说："让我拿回家看吧。"

陈雨门点点头，同意了。

年轻作家把稿子叠叠，装进挎包，回家去了。一进家门，他就点上煤油灯，把稿子看了一遍，皱着眉头沉思一会儿，又看了一遍。他找来纸和笔，连夜把这篇传奇改写成了一篇小说。改写好，东方天际已经发白，成群的麻雀开始在院子的梧桐树上"喳喳"鸣叫。

　　他把这篇叫《斗鸡图》的小说寄给了北京的《文学》杂志。三个月后，小说在头题的位置发表了。年底，《斗鸡图》获得全国优秀短篇小说奖。年轻作家一举成名。

　　同城的另一位马姓作家，在年轻作家之前读过《开封斗鸡的两大门派》，后来又读《斗鸡图》，非常愤怒，认为是剽窃，他买一本发有《斗鸡图》的《文学》杂志，拿给陈雨门看。陈雨门看了杂志后，微笑不语。

　　年轻作家获奖后，第二年春天，调到北京《文学》杂志当编辑去了。他再没回来看过陈雨门，那篇《开封斗鸡的两大门派》手稿也无了踪影。

　　每天的黄昏，吃过饭，陈雨门就走出"无梦楼"，走下城头，站在城墙根下，用拐杖敲打城墙上的砖头，一块挨一块的敲，笃笃笃，笃笃笃。

　　有个小女孩很奇怪，问："老爷爷，你在敲啥呀？"

　　陈雨门微笑着答："一块砖就是一个谜，满城墙的谜啊！"

杜嚴

杜嚴（1875—1938），字友梅。长期在开封任职，曾创办中原煤矿公司。擅魏碑。

杜嚴有一个怪脾气，就是凡事爱较真，哪怕是一件芝麻蒜皮的小事。

在开封书坛，他有两个笔墨朋友，一个是陶子吾，另一个是曹郁轩。陶子吾已年过七旬，留着花白的长须，面色红润，颇具几分的仙风道骨。而杜嚴和曹郁轩都还尚在壮年，若单从年龄上说，陶子吾与他们二人，也算是忘年之交了。

杜嚴得到了一幅周亮工的行书长卷，邀二人给长卷题跋。喝茶的时候，说定了每人以长卷的内容为题，各做一首七律，然后题在纸上，装裱成册。这件事，若干年后说不准又是夷门书坛上的一段佳话。

等到会面的那一天，杜嚴和曹郁轩都按约定做了。唯独陶

　　横田登门拜访，想让杜嚴为日本人做事。杜嚴

冷着脸拒绝了，一点回旋的余地都没有。

子吾作的却是一首五律，而且人也没有来，题好的跋语是让仆人送过来的。杜巖问，陶公为何没来？仆人支支吾吾，语焉不详，然后就告辞了。

送走曹郁轩，杜巖心里结了一个疙瘩，陶子吾怎么会是这样的一个人呢？就在心底和陶子吾绝了交。陶子吾上次从杜巖这里回去，染上了风寒，不久竟中风失语了。三年后，陶子吾病逝，他始终不知道杜巖早已与自己绝交了。

杜巖是个很矛盾的人。他好作快口语，但内心还是很柔软的。有一天，他从东板棚胡同路过，见路边"一壶春"茶叶店里的两三个伙计在打一个乞儿，鼻子都打出血来了。杜巖走上前去，问："为什么打人？"

一伙计喘着气说："他偷了钱！"

杜巖说："把你们的老板王三喊来！"

三个伙计打量杜巖几眼，撇下乞儿，悻悻地走了。

忽然有一天，开封城里来了日本人。其中一个叫横田一郎的，是杜巖留学日本时的同窗。横田登门拜访，想让杜巖为日本人做事。杜巖冷着脸拒绝了，一点回旋的余地都没有。横田告辞，杜巖说："你我同窗之谊已尽，今后陌如路人！"

横田一郎回到住处，即对大汉奸高从继说："此人是实业奇才，不能为我所用，一定要剪除掉他！"

很快，杜巖听到了风声，收拾了细软，携妻挈子，连夜逃到四川投奔亲友去了。

　　但是，杜巖终究没有逃出魔掌。横田指使高从继买通当地小股土匪，于一个乌云遮月的深夜，绑架了杜巖。

　　去绑架杜巖的是两个惯匪，飞檐走壁，杀人不眨眼，十分了得。其中一个，擅使快刀。据传，有一次他杀得一人，手起刀落，人头落地滚出丈八远，嘴巴里还能喊出声来。

　　他们原说在一处养马场的地方处理掉杜巖的，将人杀死后，尸体往马粪堆中一埋，一走了之。

　　等打开装着杜巖的麻袋，凑着依稀的月光，那个擅使快刀的土匪突然觉得杜巖有些面熟，有一丝的亲近感，但在哪儿见过，一时间无论如何也想不起来了。

　　他对另一个土匪说："这儿太脏，去前面的池塘边结果他！"

　　来到一个池塘边，那个土匪对杜巖说："咱俩前世一定有缘，我给你选这个干净的去处，也算不枉结缘一场了！"说罢，一刀砍了下去。等刀刃砍进脖子的一刹那，那个土匪想起杜巖是谁了！却为时已晚。

　　刀落下的瞬间，杜巖想起了当年在开封街头帮乞儿解围的那一幕。

陈
松
坪

陈松坪（1864—1938），回族。夷门"四大名医"之首。
擅魏碑行书。

陈松坪本不是开封人，祖籍广西桂林。一场战争，使他和
开封结下了难解之缘。如果再稍稍往前推上几年，就不难看出，
陈松坪的所有际遇，几乎都与一个人有关。

二十一岁那年的烟花三月，饱读诗书而又精通医理的陈松
坪从桂林来到了扬州。这一年，人生的"三大美事"他一下子
得了两件。一是考中了举人，二是与他心仪已久的桂林知府千
金李瑶娘缔结姻缘。

游宦到扬州不久，扬州提督总兵左宝贵赏识他的才华，网
罗到麾下做幕僚。不久，提升为幕僚长，日夜尾随前后，视若
知己。一八九四年，中日甲午战争爆发，左宝贵奉旨进守平壤，
在一次巷战中以身殉国。陈松坪归国后，清廷授他一个道台的

虚衔，让他到河南就职。

一八九六年暮秋，陈松坪来到开封候补。从此，他再没有走出开封这片土地。

刚到开封的那些日子，陈松坪很不习惯，开封人的好说大话和说变就变的嘴脸常常让他无所适从。若干年后，他还多次提起刚进开封城时所发生的一件事。

这可以说是一件鸡毛蒜皮的小事。走进开封东城门那天黄昏，陈松坪觅了辆黄包车到道台府去，车夫是个中年人，脸白净，穿戴很利索。一路上车夫默默无言，过一段坑洼之地时也没有说什么，但到了道台府门前，车夫忽然说："路上难走，得再加一个铜板！"

陈松坪觉得毫无道理，就与车夫争执起来。车夫将车子掼在地上，破口大骂，扬言要找青皮给陈松坪放血。开封街头闲谈的人"哗啦"聚拢过来，朝二人指指戳戳，像观耍猴的一般。陈松坪感到很丢脸，赶快摸出一块铜板扔给车夫。

车夫捡起铜板，并没有装进衣兜，而是愤愤地又将铜板摔在地上，嘴里说："我图的不是一个狗屁铜板，而是一个理儿！"

因为担任的是虚职，薪水很低，难以维持全家生计，陈松坪在"两广会馆"租下一间小房子，开起了一家小诊所，挂出了招牌，取名"葆豫堂"，用出诊所得，贴补家用。过二三年，每当出诊之日，来就诊的人磨肩接踵，在诊所门前排起一溜长队。这时的陈松坪已厌倦了虚伪的官场，于是就辞去了官职，一心悬壶济世。

在开封民间,陈松坪很快成为夷门杏林的一个传奇。

他治病,不囿于古人,根据病人病情,处方下药多有出人意料之举。

开封富商龚某因为风症,右臂残不能动弹,吃了很多的药都没有起色。这一天,他来到葆豫堂。陈松坪让龚某脱去一条袖子,在他的肩头轻轻按一下,说:"此病易治!"龚某闻言大喜。陈松坪又说:"只是医金高了些!"龚某是个很吝啬的人,忙问:"多少?""一百铜板!"陈松坪说,口气很淡。

龚某心疼钱,但看看自己的胳膊,咬牙答应了。

陈松坪从医囊中取出一巨号银针,刺入龚某肩头的一个穴位。龚某顿感有风从穴中流出,耳边飒飒有声。针拔出,龚某的残臂已挥运如初。

如果有穷人来看病,陈松坪不收诊疗费,有时连药费都不收。穷人的诊疗费乃至药费,他让龚某这样的富豪给掏出来了。开封街头有句俗语:"穷人看病,富人掏钱。"指的就是这回事。

陈松坪是个杂科医生,他什么病都能治。但是,他最拿手的还是治疗胸痹症,也即开封民间所说的"心病"。无论你是心悸还是心疼,无论你是胸闷郁结还是半夜里睡不着觉,他给你开上半月或者一个月的药,很快就能得到缓解或者治愈。

无巧不成书,当年在街头大骂陈松坪那个黄包车夫找上门来了。他脸色青紫,走不几步就大口喘气。他早已拉不动黄包

　　如果有穷人来看病，陈松坪不收诊疗费，有时连

药费都不收。

车了。曾经看过开封几个名医，都说他心脉已断，时日不多了。他见了陈松坪，竟想起了数年前的那一幕，"扑通"就跪在了陈松坪的面前。陈松坪扶他起来，给他把了脉，不禁蹙起了眉头，说："为时未晚，尚有救！"黄包车夫喜极而泣，说："他们都说无药可救。"陈松坪淡淡地说："药如不能治病，先贤还留此一道干什么呢？"给车夫开了药，嘱他每半月来复诊一次。一年后，车夫又开始在开封街头拉起了黄包车。

一九一一年前后，《河南官报》的报缝里，常见刊登着患者病好后对陈松坪的感谢书，把他誉为"当代华佗""扁鹊转世"。开封中医传习所成立，聘请陈松坪为主教官。一九三〇年，《河南国医月刊》创刊，他出任第一任主编。这个时期，陈松坪开始收藏古人字画。他喜欢读字画上的题跋，而且多有自己的见解。

他认为，古今贤者的话也不可尽信。譬如米芾，明明最喜欢二王书法，连自己的藏书处都命名为"宝晋斋"，却又大呼二王书法为"恶札"，不可理解。再譬如康有为，他的行书确是从唐楷中来，却命名为"魏碑行书"。后来，他想明白了，大概这是性格使然，这些人都喜欢说"快口语"！

一九三八年六月，日寇侵占了开封，屠掠三日。陈松坪领家人到开封回族圣地东大寺避难。他多年来的全部家当却被日寇抢掠一空。陈松坪心疼那些字画，一恸而落下心病，日渐憔悴，却不愿意服药。陈松坪是治疗"心病"圣手，家人哭着让他给自己医治。

　　陈松坪惨然道："此病为国仇所致，不是药物所能医治的！"

　　一九三八年十月，陈松坪病逝于开封东大寺。

许

钧

许钧（1878—1959），字平石，号散一居士等。书法碑骨帖魂，有"魏碑圣手"之誉。

散一居士许钧祖籍是祥符县杏花营，他们举家迁居开封，是与清道光年间的那场大水有关。那年，黄河在杏花营张村决堤，滔天的浊浪瞬间吞噬了田野、村庄和树木。平地变成了河流，石磙在激流中打着旋儿。许钧的父亲看着妻子业已凸起的肚子，急忙套好平头车子，说："进城逃荒！"

一八七八年十二月十九日，许钧在开封塘坊口街呱呱坠地。他出生的那天黄昏，许家院子的上空飞满了灰色的鸟雀，接着，大雪漫天而下。开封有让孩童抓周的习俗，抓周那天，许父把三样东西摆在了许钧面前：秤杆、木头短枪和一支秃头毛笔。许钧在地上爬着，胖嘟嘟的小手毫不犹豫地抓起了那支秃头毛笔，而且还用力地在棉花被上划了一下。许父饱经风霜的脸上露出了微笑。

一八九四年，许钧投到河南名儒李星若门下研习"四书五经"。此前，李星若和好友王筱汀同赴汴梁试优贡，许钧前往拜访他们。谈吐之间，李星若大为惊异，眼前这个清瘦的少年有着异于常人的禀赋。只是许钧读书太杂，他内心隐隐有一丝不安。随后一次见面时，李星若郑重地告诉他："你这个年龄，当读圣贤之书，否则，易误入歧途！"许钧的脸红了一红，因为他正偷偷地读一本春宫小说。

数年后，许钧参加了清朝的最后一次科举考试，乡试考取开封府第一名，旋"纳优贡生"。又三年，补廪生，到陈州府中学堂任国文教员。不久，重回开封，任河南师范学监。他正准备在教育上大展身手的时候，河南省临时议会成立，议长杨勉斋欣赏他的才华，把他聘为贴身秘书。

许钧注定不是从政的那块料，在秘书的位子上干了三四个月，他就满腹的厌倦情绪，当河南省博物馆四处物色书法部主任时，他软磨硬泡说服了杨勉斋，放他去应聘了。书法部主任还肩负着培养书法人才的任务，这些年里，许钧临池是日课，他把自己学习书法摸索出来的经验运用到教学当中，认为书法要以碑刻打基础。他将学碑过程分成四步走，先学方笔造像，譬如《杨大眼》《孙秋生》《始平公》诸碑，强劲书法骨骼；次学圆笔，以郑道昭的《郑文公》和《云峰山刻石》为主，以丰润肌肤增加神采；再学方圆并用之笔，如《张猛龙》《崔敬邕》等，来达到书法的形神相融；等完成以上三步，第四步就是学《爨宝子》《爨龙颜》二碑和《嵩高灵庙碑》，知巧而后守拙，回归本真，回到婴儿的状态，与大自然对话。

一九二三年三月，康有为应河南督军张福来、省长张鸣岐的"平原十日之约"来到开封。某日黄昏，作为河南金石修纂处主任的许钧拜访了他。交谈不足四十分钟的时间里，许钧的书法理念发生了变化，正如康有为所说，书法得走碑帖融合的道路，许钧认为这无疑是学书法者的圭臬宝典。许钧晚年创作的书法，以魏碑风骨写米芾、王铎神韵，一洗河南文人书风的酸腐和孱弱。

许钧有七个儿子，除了最小的儿子外，其他的几个儿子在书法上都有着较深的造诣。一九三四年河南省举办第一届书画展览，参展的九十名书画家中，许钧一家占了三个。长子许敬参入展书法两件，五子许敬武入展四件。稍后，开封金石书画研究社成立，同时举办了一次书画展览，许钧、许敬参依然有书画作品参展不提，许钧的另外两个儿子许公岩、许知非也有作品入展。一时间，许家"一门七书家"的佳话在夷门传扬开去。

整个民国时期，在河南的书坛上，许钧与靳志、关百益、张贞素有"四驾马车"之称。许钧和关百益交往频繁，二人曾同时供职于河南通志局。张钫任河南建设厅厅长时，在吹台立石碑两通，一通名为《河南农林试验总场纪略》，碑文书丹者是关百益；另一通名为《河南农林试验总场纪念碑》，该碑的

　　交谈不足四十分钟的时间里，许钧的书法理念发生了变化。

书丹者就是许钧。这两通碑嵌存于吹台禹王殿西壁，虽经多年风雨侵蚀，字迹依然清晰可辨。

许钧修撰《河南金石志》，查阅大量先贤金石文献，对文献中涉及的碑碣石刻，凡有疑惑的，碑刻和拓本即使在偏远的山村，他都要跋山涉水跑过去进行核实，找乡村知情人座谈，直到无误后才返回开封。许钧为学严谨的名声不胫而走，一九三六年六月，祥符县成立修志馆，县长李雅仙高薪聘请许钧出任修志馆馆长，重修《祥符县志》。有整整两年时间，许钧把全部精力都《祥符县志》的撰写上，采访资料、手稿、各类图片等，装满了八大麻袋。一九三八年六月，开封沦陷在日寇的铁骑之下，许钧离开夷门避难，《祥符县志》中途搁浅。

抗战胜利前夕，许钧迁居北京，住在史家胡同 131 号。许钧晚年喜欢看一些杂书，有在书眉上随意记些感悟之类的习惯。有一天，他躺在床上翻阅一本从开封带来的旧书《黄山谷题跋集》，忽然有了感想，他用六儿子给他买的钢笔把感想记在了书页的空白处。当他写完最后一个字，一个纸条从书里飘落下来，许钧很奇怪，捡起来看看，纸条已经发黄，上面的字是二十几年前所写，内容与当天所感所记竟然一字不差！

张
铁
樵

张贞（1883—1967），字铁樵。民国开封榜书大家。

张铁樵的家就住在铁塔附近。他的祖上是开包子铺儿的，打出的幌子却是"雷婆婆包子店"。雷婆婆包子是开封著名小吃，其渊源可追溯到北宋宣和年间，孟元老著的《东京梦华录》"饮食"一节中曾经提及。

明明姓张，却打人家雷姓的旗号，这里面有着怎样的关联？到了张铁樵父亲这一辈，已经是无可考据的了。

若按"老鼠生来会打洞"的老话儿去思考，张铁樵应该子承父业，继续卖他的包子，说得好听些，也就是继续做他的包子铺掌柜。然而，就像端枪打兔子，准星突然跑偏了。事情来得很蹊跷，张铁樵痴迷上了书法。那天，一个清瘦的道士在"雷婆婆包子店"门口摆下桌子，铺了宣纸在上面写书法。道士手握如椽巨笔，灰色的道袍在秋风中喇喇作响。巨笔在洁白的宣纸上飘过，一个大大的"药"字醒目的展现出来。

站在自家的包子店门口，几屉肉包子正待出笼，袅袅的白烟在张铁樵的眼前缭绕。他感到奇怪，他没有闻到诱人的肉香，却闻到了缕缕的药香。

那个秋天的下午，道士的跌打膏药卖得非常的快，几乎让围拢过来的人群给疯抢去了。道士收拾摊子的时候，一抬眼看到了魔怔了一般的张铁樵。他招招手，张铁樵走了过去。道士站起身，在他的头顶轻轻拍了两下，神秘地笑笑，然后把褡裢搭在驴背上，飘然而去。

张铁樵的学书经历充满坎坷。他父亲对他说："练什么书法，顶吃还是顶喝，我不练书法，只卖包子不照样过得很好？"张铁樵是个沉默寡言的孩子，他不说话，只拿眼睛默默地看着鬓发斑白的父亲。

父亲立即暴跳如雷，将张铁樵狠狠揍了一顿。挨打后他一言不语，连着三天坐在家门口的池塘边发愣。

母亲害怕了，和父亲狠狠哭闹一顿，父亲再不管他练书法一事。张铁樵在心底一叹，自己对自己说："我坐在池塘边，是在想怎么像王羲之那样把池水给练黑了。"

张铁樵在书法上有着超人的天赋。他的书法端庄而浑厚，颇有颜真卿的遗风。短短的几年里，开封街头的匾额大都换成了他的墨宝。之所以他的书法会迅速风靡古城，除了书法本身以外，再就是他这个人不拿架子，不要大腕，好说话。他也没

　　有一个阿九婆，在开封街头卖扇子。她是从扇庄

批来，然后挎着篮子大街小巷去卖，生意不好。

有什么润格之类，你只要求到了他的门下，他都会尽最大努力让你满意。

有一个阿九婆，在开封街头卖扇子。她是从扇庄批来，然后?着篮子大街小巷去卖，生意不好。她的儿子被抓了壮丁，儿媳妇跟着一个小银匠私奔了，撇下两个小孙子。她们三口人，就靠她卖扇来糊口了。

那天扇子卖不出去了，她和两个孙子就一起饿肚子。阿九婆脸上的皱纹，很少有舒展的日子。张铁樵找到她的门上，把写好字的二十把扇子递到她手上，说："去卖吧，卖完了就去找我。"等下次阿九婆来找张铁樵的时候，她脸上的皱纹一纹一纹地都舒展开了。

汴古阁的马老板让人送来请束，请张铁樵去"第一楼"喝茶。汴古阁是开封唯一做书画生意的商铺，它的店主马老板曾跟大军阀孙殿英挖过东陵，后来解甲归田，就来开封城开了这样一个店铺。马老板虽说人生得粗糙些，但见人都是三分的笑颜，然而，那笑却是让人感到浑身不自在。

喝茶回来，张铁樵几天都很少说话，他的脸色很难看。

日子依旧如往常那样，一天一天地过去。张铁樵书法的名头在开封城越来越响亮。省里的要员已开始把他的书法往京城里送了。据说，京城四大公子之一袁寒云私下也曾打探过张铁樵的名字。

秋天到了。一个阴雨连绵的黄昏，张铁樵结束了一个应酬往家走。眼看走到家门口时，从暗处窜出两条大汉，劈头盖脸一顿拳打脚踢。张铁樵还没有反应过来，嘴就被人堵上了。黑暗中听一个人说："把右手的手指头拧折，中指剁掉！"张铁樵忽然感到一阵钻心般的疼痛，接着他就昏了过去。

不久，开封街头就有了传言，说张铁樵的右手被人打残坏了，怕从此再也不能写字。有人甚至愤恨地骂道："他会写字吗？傻大黑粗，一点笔法都没有！"阿九婆听到这个消息时，昏花的眼里落下两行浑浊的泪水。

那个时候，张铁樵正躺在医院里，他的左手打着绷带，右手和前来探望者一一握手。

高道天

高道天（1900—1959），书法以《石门颂》为宗，参以于右任笔意，大气磅礴。

　　高道天原是陕西城固人氏，为陕南高姓大族。他三十一岁来到夷门，那时是一个狂热的诗歌爱好者，成为一个诗人是那时他最大的理想，书法仅仅是饭后的余事。他曾向河南大学教授邵次公讨教写诗秘诀，邵次公告诉他，写诗就像练书法，得临帖。对于作诗来说，读书就是临帖，而读书的多寡，决定了你在诗歌道路上到底能走多远！

　　邵次公的一番言语让高天道茅塞顿开，从而动了定居夷门的念头。他去铁塔寺里租了一间僧舍，在昏黄的豆油灯下阅读各类诗歌书刊。他还成了邵次公"金梁吟社"的常客。这个时候，他浓密的头发开始一根根脱落，短短月余，头顶上已是寸毛不存。

　　这种好学的态度让邵次公大为动容，尤其是高道天在书画方面又有着极高的天赋和良好的家学渊源，使他认识到这是个可造之才，于是，一九三三年初春，他写了一封长达十余页的信函，推荐高道天到北京张恨水创办的北华美术学校深造，进修书法和绘画。在北华求艺这段时间里，他结识了诗词大家吴心谷——忍庵先生。吴心谷先后做过袁世凯和徐世昌两任大总统的秘书官，专意给他们讲解古今诗词。吴先生精通古音韵六法，还与齐白石交往颇深，著有《历代画史汇传补编》。

　　吴心谷曾为武学大师孙禄堂的《形意拳学》作跋，是孙家的座上客。孙氏太极拳传人孙剑云那时才十余岁，经吴心谷介绍，拜在高道天门下学习书法。若干年后，因为著作归属一事，孙禄堂与吴心谷之间起了一点波澜，在坊间产生了一些误传。孙剑云曾让高道天出面著文澄清了事情的原委。

　　一年后，高道天在北华学业期满，重回夷门。这个时候，在河南执政的是冯玉祥。吴心谷托人出面，把高道天介绍给了冯玉祥。冯玉祥这个时期非常喜爱书法，尤其对魏碑情有独钟，他早听说过高道天的书名，就把他留在了身边，和他一起探讨书法技艺。有很多次，冯玉祥对外人介绍高道天说："这是我的书法老师！"

　　高道天很快在夷门书法界站稳了脚跟。

　　一九三四年，河南省书画展在开封大相国寺开幕。夷门书画界名流诸如许钧、关幼调、关百益、张乐天等悉数参加了这次展览。高道天在这次展览中大获丰收,他的一幅行书"赏心、欲辩"四尺对联、一幅仿文徵明《积雨连村图》和一幅仕女《文姬归汉图》入展,并赢得夷门书画界好评。

这次展览过后,在一段相当长的时间里,高道天的艺术生涯陷入到了迷惘徘徊期,他感到很苦恼。恰在这个时候,吴心谷写信来让他去北京一趟,帮他校勘《历代画史汇传补编》一书。书稿校毕,正要返回夷门,于右任忽来拜会吴心谷。于右任身材高大魁伟,长髯飘拂,颇具仙风道骨。喝茶闲谈间,得知高道天是陕西同乡,又擅书法,且与自己书法风格相仿佛,感到很是亲近。次日,书法大家王世镗、文伯子来相聚,几人商定同游石门山。谒先贤,访石刻。

相传石门山是孔子撰写《易传·系辞》之处,此地卜卦算命者云集。来到山脚下,但见卜卦的幌子一个紧挨一个,幌子下大都是一张年老的脸孔,见几个人走过来,纷纷仰起花白的脑袋,朝他们喊:"客官,卜一卦!"几个人避开这些算卦者,往山深处走。

山半腰有一片柏树林,如墨一般的黑,荫翳蔽日。高道天内急,喊声:"先走!"钻入柏树林。头顶上"哗啦啦"有一只大鸟飞过,高道天不禁打了一个寒战。走出林子,已看不见于右任几人,高道天忽然感到迷失了方向,看太阳,太阳蛋黄一样挂在中天,东西南北依然无可辨识。他静静神,四周看了

高道天霆时感到毛骨悚然，头发稍根根竖起，他
紧紧盯住了老者的双脚。

看，就见一山坳避风处有一个卖茶水的摊子。

高道天觉得口渴得厉害，到茶水摊前坐下，要碗茶喝着，想问问那几个人的去向。

卖茶人是个老者。一袭灰色长衫，衣袂落落，竟遮掩住了他的双脚。鬓发斑白，留着长及腰间的胡须，额头突兀，眼睛却深深地凹陷进去。内蕴精光。他将茶碗递给高道天，突然说话了，声音喑哑。他说："客官是翰墨场上人物！"高道天吃惊地去看灰衣老者，问："你怎么知道的？"老者不答，诡异地笑了。又说："最近遇到难迈的坎了！"高道天愈加地吃惊，不由喊道："奇了！"便将茶碗放下，问老者这道坎有多长？老者告诉他："短者三五年，长者就不可预测了！"高道天再次注视着相貌奇古的卖茶人，心想，遇到高人了，何不讨个破解之法？

于是，高道天摸出两枚铜板，放在茶桌上，小声问道："可有破解之法？"

老者迟疑。眼角的余光扫一下桌上的那两枚铜板。高道天会意，又掏出两枚铜板放在桌上。灰衣老者咳嗽一声，喑哑着说："你得小心一个高个子留长髯的人！"说着，灰衣老者无意中伸了一下腿，双脚从衣摆下露了出来。高道天霎时感到毛骨悚然，头发稍根根竖起，他紧紧盯住了老者的双脚。茶桌下的那双脚上，穿着一双粉红色的绣花鞋！

高道天落荒而逃。

一九三九年，高道天在开封大相国寺搞了一次个人书法展。于右任为他题写了展标，并发来了贺信。贺信中说他的书法已得《石门颂》真髓！

李子培

李子培（1892—1975），名厚基，字子培。以字行。擅魏碑，师法《郑文公碑》《龙门二十品》等。书风雄秀纵逸。

在夷门，李子培素有"魏碑圣手"之称，与长他十余岁的散一居士许钧和稍晚他几岁的张贞被坊间称为"魏碑三大家"。李培基外表不苟言笑，骨子里却风流蕴藉。高道天戏称他是司马光的躯壳，柳永的灵魂。

李子培早年书法作品带有浓郁的《郑文公碑》色彩。一个时期，夷门书法人几乎都会从郑道昭那里汲取一些艺术营养。李子培也不例外。他觉得与郑道昭有一种莫名的亲近感，多次想象着北魏的时候，郑道昭和此刻的他一样，正在古大梁城的某处做着同一件事情，喝茶或者是观看一场令人热血沸腾的斗鸡游戏。

众多的书法家中，他与夷门魏碑书法大家高道天交往尤多，二人在一起的时候从不谈论书法，私下里却通了五十一封信函，用以探讨郑道昭的身世、癖好和《郑文公碑》中对父亲的那种微妙情感。

李子培曾一度走上了仕途，在国民党河南省教育厅谋到了一个差事，并很快被提升为三科副科长。三科的科长崔粟述是厅长的表连襟，肚里墨水不多，却雅好字画。他很倚重李子培，常拎着酒菜一个人跑到李府上，与李子培对饮。喝到半醉，就怂恿李子培抄他作的诗歌。崔粟述的诗多为平庸之作，常喜欢用一些豫东方言和生僻的字眼儿，这令李子培深感厌苦。

初夏的一天，崔粟述拎着酒菜又来了。这次他拿了五六把的扇子，要李子培把他的诗抄在扇子上，然后作为礼物，送给厅里的相关官员。李子培冷着脸，一瞬间，他想抓起酒菜扔出门外去。崔粟述忙说："喝酒，喝酒。这个不急，放你这儿慢慢地写。"李培基指着身边的一个黑箱子说："我最不喜欢写扇子，往年来求写扇子的，多让我投进这个箱子里了！"崔粟述讪讪告退。后有人问起这件事，李子培笑着说："哪有投箱之事，我只不过暗中讥刺崔某一'箱'情愿罢了！"

崔粟述没有再提写扇子一事。不久，李子培莫名其妙地丢了工作。他怒不可遏，认为是崔粟述捣了鬼，打算到法院去起诉崔某。几个律师朋友纷纷劝他及早打消这个念头，说那样做对他百害而无一益。李子培去铁匠铺买了一把杀猪尖刀，回家去磨了大半夜，磨得锋利无比，他想在崔粟述上班的途中向他讨个说法。

他在崔粟述住处附近徘徊了两天。没见到崔粟述，却于第三天上午忽然看见两个警察直直地朝他走过来，他额头当即就冒出了冷汗，急忙把怀揣着的尖刀扔进了路旁的草丛中。刺杀行动就此结束。

报仇无门，李子培陷入无边的苦恼中。后来在他的一个张姓学生的劝说下，踏上了西去洛阳龙门寻碑的行途。临行前，因为失去了工作，家中的经济状况已显得捉襟见肘。他几次张嘴想向张姓学生借些银钱，可是终没有把一个"借"字说出口来。张姓学生将李子培送到开封火车站，替他买好火车票，又掏出一个钱袋递到老师手上，说，返程的车票钱，去洛阳的吃住花销，以及买碑帖拓本的钱都在里面了。李子培接过钱袋，手颤抖地厉害，眼睛有些湿润。

火车到达洛阳，他开始的时候还想去"嵩洛草堂"拜访旧友、洛阳书法名家大懒散人，但很快就意识到，那样只会徒增尴尬。在龙门，李子培见到了一套拓制精良的《龙门二十品》软片，墨色焕然。卖拓片的是一玄衣老者，留着三缕戏剧化的小胡子。李子培嫌他要价稍高，跟他砍价，却一文钱都砍不下来。玄衣老者就像一块顽石，刀砍不入，水泼不进，他反反复复只说一句话："不二法门！"

一刹那间，李子培几乎要把钱袋掏了出来。但他打了一个激灵，手一软，钱袋又回到了衣兜里。后来，他用很少的钱买

　　每天清晨起来，他来到这里，以笔蘸水在青石板上临帖，倒也有几分乐趣。

了一套漫漶得厉害的《龙门二十品》拓片回到了夷门。

从此，李子培的心绪逐渐平静下来。他开始认真研习从洛阳带回来的《龙门二十品》拓片。这个时候，不管是临帖或是创作，他都买不起宣纸了。偶尔有人拿宣纸来向他求字，他会显得很高兴，将宣纸铺平展，嘴里说着"这可是个宝贝！"并不轻易下笔，而是在报纸或者毛边纸上比画好了，才落笔创作。

起初，他临《龙门二十品》用的是废旧的报纸或者毛边纸，不久这两种纸也用不上了。后来李子培发现杨家湖旁边有一块三尺见方的青石板，每天清晨起来，他来到这里，以笔蘸水在青石板上临帖，倒也有几分乐趣。慢慢的，围观的人多起来。

有一天，一个穿长衫戴眼镜的中年人看了他的书法后，说："写得真好！哪天给我写一幅。"李子培觉得这个人面熟，于是便说："你去汲古斋买几张宣纸来，我给你好好写几幅！"那个人笑笑，说："想宣纸想疯了！"头也不回地走了。

看着那人的背影，李子培忽然想起他是谁了。

张景芳

张景芳，生卒年不详。书法以魏碑见长。

张景芳在夷门书法界几乎没有什么名气，但谈到夷门的书法家，往往最后又漏不掉他，常常是话题快要结束的时候，有人会突然来那么一句："张景芳的书法很稀松，人却有意思得紧！"

他是个直性子人，总爱为一些鸡毛蒜皮的事生些莫名其妙的闲气。走在巷子里，嘴里正哼着小调，迎面碰见一只芦花大公鸡，大公鸡伸长脖子，勾头直眼瞅了他两下，他忽然生气了，暴跳如雷，转圈找砖块瓦砾。那公鸡感到了危险，"咯咯"叫了两声，迅速跑掉了。夜阑人静，他睡醒了，披衣坐在床头，感到很苦恼，但这种性格改不掉。他认为这是一种病。他到铁塔寺向白尘道人诉苦，说："贫道有一法，可解你顽疾。"便从褡裢里摸出一串念珠，递给张景芳。张景芳拿在手中，感到温润如玉。白尘说："再暴怒时，默念此珠，珠不过十，气自消。"起初，张景芳认为此法甚为简单，不相信会有效果。谁知，下次盛怒时，一试此法，不想竟有奇效！

与白尘道人的结识，和张景芳参加的一场考试有关。考点设在河南大学，考前，张景芳住进了河南大学附近的铁塔寺。他有一大癖好，喜欢收藏汉印。刚一住下，洗了把脸，换了件衣服，他就去逛古玩店去了。回来的时候，手里就多了几枚汉印。一边在手中摩挲，一边走进屋子。坐下来，又开始细细地探究。这一幕，恰被从窗前路过的白尘道人看个清楚。白尘道人很是诧异，自语道："这人甚是有趣，别的考生都在拼命备考，他倒好，在这里玩古玩！"他摇了摇头，叹一声："八成要落榜了！"轻甩拂尘，从窗前走了过去。

果然，放榜之日，张景芳名落孙山。白尘道人又从张景芳住处经过，以为他一定会愧恨万分。然而白尘道人耳旁很快有说笑声飞过，他看见张景芳正和两个学子指点着桌子上的三五枚铜印有说有笑。白尘道人想："这倒是一个真不在乎功名的人！"白尘道人和张景芳从此结成了朋友。

张景芳的书法，虽说在夷门的圈子内评价不是很高，但他本人并不这么认为。他的书法看上去虽说有些笨拙，线条像枯树劈柴一般，到底还是有一些天趣在里面的，他的书法理念就是宁舍漂亮的形体而不失自然的趣味。随后却又想，这笔墨线条背后的东西，即便有专业欣赏知识的人也不一定能看得出来，

　　张景芳拿在手中，感到温润如玉。白尘说："再

暴怒时，默念此珠，珠不过十，气自消。"

更不要说那些众多的门外汉了。张景芳有些动摇，觉得自己的追求出现了某种偏差。摇摆了一阵子后他开始变法，从《龙门二十品》中汲取营养，再参以唐代大书法家欧阳询楷书的笔意，字形由笨拙向峭拔转换。

过二年，张景芳自觉变法有成，便拿作品让书法道上的朋友评点。朋友们看过，都说好，有朋友甚至说："可与魏碑大家周惯一比肩。"张景芳着实高兴了一阵子，很快他就狐疑起来。他想："这些朋友不会是在奉承我吧？"这个道理有个叫邹忌的人三千年前就知道了。他越想越觉得这种可能性很大，想听听真实的声音，决定去拜访魏碑大家周惯一。周惯一很谦和地接待了他。看过他的作品，周惯一脸上挂满微笑，连连作揖，说："好！好！比汝恂写得好！"张景芳心里明白，周惯一说的也是应酬话。自己怎会比夷门魏碑大家写得还好！那简直连一点可能都没有。

张景芳想到了一个办法。

他挑出两件满意的作品，挂在了字画铺子汲古斋的壁窗里。在一旁放了笔墨和留言簿，请顾客和路人评判。看过作品后可将评语留在簿子上。张景芳私下认为，与自己毫无瓜葛的人的评价一定会很客观，没有感情色彩在里面。自己可以真正了解自己作品的真实水平了。

隔一日，张景芳将留言簿取了下来。簿子的前半部分已经写满了各种书体的评语，一条一条地看下去，张景芳的脸色开始变得苍白。那些评语，都是狂批张景芳书法的，有的甚至是污言秽语。有的说他的书法简直就是墨猪，冗浊不堪；有的说他的线条就像村野蠢妇擀出的面条，软弱无力；更有甚者，干脆就说他的书法连三岁小儿写的都不如！总之，数十条评语全是贬低他的！

张景芳呆了半晌，自语道："我的书法再不济，也不至于丑陋到这个地步吧？"赌气一般，他又把簿子放回了原处。他要看看，等簿子评语写满，会有一条中肯的评语没有？

张景芳再次取下留言簿的时候，上面已填满评语，没有一页是空白的了。这次更让张景芳傻了眼！后半部分的评语，不是在评价他书法，而是在谩骂前半部分的评者，说他们有眼无珠、信口雌黄！

张景芳合起留言簿，叹了口气。

张
云

张云（1889—1968），字蓝烨，工魏碑书体。

有一段时间，张云几乎到了穷困潦倒的地步。他自嘲地把自己比喻成一只正在阳光下过街的老鼠，四周充满了危险，只有尽快跑进屋舍或者钻进阴暗的鼠洞里去，饥饿和危险才能消除。

本来，张云的人生路途铺满了鲜花，踏着这些鲜花可以青云直上。他二十三岁就做到了河南省教育厅三科的科长，成了整个教育厅最年轻的官员。直到有一天，一个同僚夜半找到他，想给他做一回大媒，那人微笑着说："张兄的艳福来了，紧接着官运也会到来。"那人给张云介绍的是省长的智障女儿。那个女儿乍看上去貌若貂蝉，但龇牙朝你一笑，会令你顿时毛骨悚然。张云不加思考地拒绝了。张云拒绝了婚姻，同时也拒绝了他的锦绣前程。

张云遭到了空前的冷落。不久，厅长以莫名的理由停了他的职，说他满脸的晦气，让他待在家里静养一些日子避避灾祸。然而，张云并没有闲待在家里，他每天都要去夷门的城墙附近走动，那里有大片大片的红薯地，每一棵红薯秧子下都隐匿着数不清的大小蚱蜢。红薯秧子翻动，大蚱蜢飞起来。张云追着飞舞的蚱蜢撵，常常被红薯秧子绊得嘴啃泥。当地农民站得远远地看他，都说："看，那个傻子！"张云捉满一小兜蚱蜢，回到寓所把翅膀、大腿都拧下来，放进油锅里烹炸，炸得焦黄焦黄，香气四溢，就着下酒。喝到微醺。然后去逛旧书摊。

张云有藏旧书的癖好，但他的藏书很单一，只收藏夷门大学问家常茂徕的著作。常茂徕一生著述三十余种，张云收藏了二十三种，其中《续两汉金石记》《汴京拾遗》《汴中风土记》为手稿，墨迹焕然。常茂徕的书法，隶书以清人为宗，参以汉隶神韵；行草师法颜真卿，得《争座位》《祭侄稿》三昧。

常茂徕的《春秋女谱》《春秋世族图》二书，刊本流传稀少，十分罕见。张云梦中都想收藏这两部书，可一直未能如愿。

有一天，张云又去捉蚱蜢，感到口渴的厉害，就去一农家讨水喝。一个穿黑蓝老粗布衫、头扎花布头巾的老婆婆正在院子里汲水。一碗凉水下肚，张云顿觉神清气爽。这个时候，他一扭脸，不禁大吃一惊！他吃惊地发现，窗台上的鸡窝里，有一本沾满溏鸡屎的书，封面已经破烂，细看竟是常茂徕《春秋女谱》手稿真迹！

张云的心都跳到喉咙眼儿了，他稳稳神，装着心不在焉的样子问老婆婆："这本破书卖吗？"

老婆婆说："不卖，我家的鸡喜欢书，鸡窝里放本书下蛋勤快！"

张云把手上的玻璃戒指取下来，戒指闪着幽蓝的光晕。又问："不卖，用这个换总可以了吧！"

老婆婆被那束幽蓝的光晃花了眼，连说："换可以，换可以！"

张云把书搂在了怀中。回到城里，张云找到装裱名家车天佑，将这本破旧不堪的手稿装裱一新，盛在一个乌木匣子里，视若珍宝。

日本人侵占了开封城。有一个叫山本次一郎的大佐，对中国文化很有研究，常来拜访张云。每次来，如果张云临摹《张猛龙碑》，他就站在一边看。张云也不说话，继续临他的帖。一通临下来，张云额头汗津津的，山本次一郎就递来手帕让他擦。然后站在临写的作品前，翘起大拇指，连说："好！好！"张云不置可否地一笑。

山本次一郎想出高价购买常茂徕那部《春秋女谱》手稿，张云的脸阴得像要下雨，说："不卖，给多少钱都不卖！"

一九四〇年的夏天，来得比往年都要早一些。古城开封异常闷热。黄昏时分，临近街道响起一阵爆豆子般的枪声。张云想，日本鬼子又杀人了。他练一阵子书法，今天总沉不下心去，

　　沉默一阵子，女人开口说话。她说："当年卖书是为了买药救我，这些年，真委屈你了！"

感到莫名的烦躁，就想到院子里站一战。一开门，扑通，一个人躺进了屋里。张云大惊失色，定神看时，才发现那人浑身血迹，像似受了很重的伤。是个女人，很年轻。张云把她抱进了屋，放到床榻上。

隔一天，张云找到山本次一郎，把《春秋女谱》手稿卖给了他。那个鬼子如获至宝，抱着书稿狂吻起来。

很快，这件事在夷门书画界传扬开去，大家都冷落了张云，有人甚至骂他是个大汉奸，为了钱，把祖宗留下的宝贝都卖给了日寇，真令人不齿！有一段日子，张云显得很憔悴，人整个瘦了一圈。对于来自书画家的猜疑和辱骂，他面色凝重，却不去解释。

过几年，日本投降了。

又过几年，开封解放了。

过若干年，忽然来了"文革"。有人举报了张云当年将《春秋女谱》卖给日本鬼子山本次一郎的汉奸行为。张云被戴上用大白纸糊的高帽子，上面浓墨写了"大汉奸"几个字，被人押着游街。接着，在鼓吹台举行了万人批斗会。主持批斗会的，是当年张云救的那个年轻女人。她已经不年轻了。

批斗会结束，张云回到住处，饭也没吃就躺下了。他感到很疲倦。这时，有人推门进来了。是那个女人。

开始，二人都沉默。沉默一阵子，女人开口说话。她说："当年卖书是为了买药救我，这些年，真委屈你了！"

张云在床上翻了个身，仍然沉默不语。

女人又说："批斗会是形势所迫，忍忍就过去了！"

张云没有忍下去。第二天，他自杀了。

周惯一

周汝恂（1855—1943），字惯一。以魏碑名世。

周惯一是举人出身，夷门魏碑书法大家，清光绪年间曾任过安阳县教谕。民国初年回到开封，在他的住处十二祖庙街开办景初师塾。开馆那天，前来报名的人把他家的土墙头都挤塌了，砸坏了他家的一棵石榴树，惊飞了一只鸣蝉。周惯一站在当院，捋着他的长髯须，微微而笑。经过筛选，他留下十一人收为弟子，这些人后来都成了开封各界的翘楚，夷门书法名家张贞就出自他们当中。

私塾先生一般都会有一把戒尺。"娇子如杀子"，哪个孩子捣蛋了，就用戒尺去打他的手掌，叭、叭、叭，打到红肿才停止。周惯一却不要戒尺，他用一把折叠纸扇代替了。哪个孩子打瞌睡了，或是在底下搞小动作了，周惯一就走过去，拿扇子柄轻轻点一下那个孩子，也不说话。立即，那个孩子的脸红了，一直红到耳朵后边去了。若干年后，张贞在一篇文章里还谈起过这把纸扇，说它有一种魔力。

一天黄昏，周惯一去洛阳访友归来，路过大纸坊街，见一家小饭馆的屋檐下站着一位老者，头发和胡须都白了。时值深冬，天阴沉得拧得下水来，有寒风呼啸。老者衣着单薄，在寒风中瑟瑟发抖。周惯一走过去，脱下自己的山羊皮褂，给老者披上。一搭话，竟很能说到一块去。二人结伴在大街上溜达，路经十二祖庙街，周惯一停住了脚步，说："我到家门口了，进去暖和暖和？"

老者说："不添麻烦了，改天来拜访。"说着，就去解身上的皮褂。

周惯一按住了老者的手，说："先穿着，改日天暖和了再送过来。"

在夷门，周惯一结交了很多朋友，三教九流都有。有一次，他去寺门老白家喝四味汤，旁边有乞讨者在拉二胡小调，很是凄切。喝过汤，周惯一站起来，走到乞讨者面前，一弯腰把一枚铜板放到了乞丐面前的瓦罐里。他对跟随而来的张贞说："我们都是靠手艺吃饭的人啊！只是糊口的手段不同罢了。"

张贞一旁说："老师有怜悯之心啊！"

周惯一看了他这个学生一眼，淡淡地说："我这不是施舍，我们听他拉二胡的时候，已经享用了他的手艺，是理应给予酬劳的！"

　　早几年，开封城有一个奇人叫鲁老二，在省府前街开了一家"明记杠局"，别出心裁，创设龙头凤尾大杠，抬花轿，也抬棺材。原来城内有两家杠局，另一家在曹门大街，鲁老二买通几个乞丐，轮流在那家杠局门口唱莲花落，讥讽前来下帖的客人，慢慢地，这家杠局的生意做不下去了，最后关门停业。鲁老二垄断了开封城内的红白喜事。

　　鲁老二拿着拜帖来拜访过周惯一两次，都被拒绝了。周惯一打心底看不起他这个人。

　　可是后来发生的一件事，让周惯一感到了深深的愧疚，也由此认识到了人性的复杂和变幻莫测。这一年，开封周围闹饥荒，并很快波及城内。鲁老二变卖大部分房产，购得数百担小米，暗中周济城郊贫民。周惯一知道了这件事，登门去拜会，鲁老二淡淡地说："你一定想不到我会干这样的事吧！"

　　周惯一语塞了。

　　民国的夷门书坛，周惯一是个举足轻重的人物。他和袁鼎、丁豫麟、李锡恩、郦禾农、王德懋、邹少和、祝鸿元被时人称之为"夷门八大书家。"周惯一是以魏碑书法行世的。他的魏碑，在《郑文公碑》的基础上，参以赵之谦笔意，面目奇拙雄强而笔法婉转流丽，深受开封人喜爱。

　　这一年，冯玉祥任河南督军。冯玉祥对魏碑书法也颇有研究，听说周惯一是魏碑书法大家，便请他到督军府切磋书艺，二人成了朋友。隔几年，冯玉祥出任河南省政府主席，为纪念

　　鲁老二拿着拜帖来拜访过周惯一两次，都被拒绝

了。周惯一打心底看不起他这个人。

在北伐战争中阵亡的将士，在郑州西修建一座陵园，取名"碧沙岗"，并点名让周惯一来题写匾额。周惯一以年事已高为由，向冯玉祥推荐了张贞，说张贞的书法远远超过了自己。有人说："这可是流芳百世的事啊！"他笑笑说："快入土的人了，还是多给后辈一些机会吧。"

一九三八年六月，日寇进攻开封，开封沦陷。一九三九年六月，伪省长陈静斋附庸风雅，设宴邀请周惯一到省公署探讨书法。那个时候，周惯一正在院子里闲坐，见信勃然色变，将请柬掷于地上，大骂不已！

杨望尼

杨望尼（1899—1981），名宗彦，字望尼，号大块子、野王老人。擅魏碑。曾任河南画社评审委员会主席。

一段时期，杨望尼的书画作品几乎与张大千、齐白石、于右任等处于同一个"台阶"。因为在二〇〇〇年前后的一次重要的拍卖会上，他们同一尺幅作品的起拍价都是五千元上下。杨望尼的这些作品，诗书画达到了完美的结合。譬如他画了一幅《初夏枇杷图》，尺幅的左边画枇杷，画得很有趣。碧绿而繁茂的叶子后边，黄黄的果实如少女般"犹抱琵琶半遮面"，把枇杷果都当成美人去画了。右半边靠上一点，用魏碑小草书写了一首诗：风味何殊十八娘，初夏时节色微黄。一丸金弹凭伊取，百斛珠玑尽我量。他的诗也把枇杷当作美人去写了。

杨望尼身上有诗人的气质，或者说，他就是一个诗人。

他在开封河南地政筹备处任职期间，中原地区遭受旱灾，赤地千里，路有饿殍。家乡沁阳一带竟有十万之众流离失所，拉棍到山西逃荒要饭。当杨望尼在某个黄昏听到这一音讯时，脸色显得十分阴郁。很快，他通过同窗王世博在山西永济购买了二百担杂粮，运抵泌阳。

购买这批粮食的款项，是他拿出了家藏的明清古画三十八幅，送到新乡文福堂画店寄卖得来的。这批古画寄卖期间，还发生了一件故事。当地国民党驻军第四十军参谋长云华锋对这些画颇感兴趣，想裹入囊中，但他只愿出画价的三分之一，而且态度很强硬。杨望尼连夜赶回新乡，在文福堂与云华锋会面。云华锋带了两个护兵，荷枪实弹站在他身后。云华锋冷冷地说："我喜欢这批字画，但我掏钱买！"

杨望尼站起身，面色冷峻。他说："如此低价，等于豪夺，无异于强盗行径！"

杨望尼又说："夺此字画，等于夺灾民性命，虽禽兽不忍！"这句话击中了云华锋，他意味深长地看杨望尼一眼，朝两个护兵摆摆手，走出门去。

回到开封，有一天深夜，杨望尼走在回家的小巷子里，忽然，哒哒哒，一梭子枪弹从他的头顶射过去，打在旁边的砖墙上，冒起一溜火花。

躲过刺杀的杨望尼从开封来到了西安，先是在于右任手下做科长，后又到杨虎城将军帐下，当专职秘书。他对于右任很是崇拜，认为若以书法创新论，民国书坛无人能出其右者。在北京大学及开封期间，杨望尼对"二王"的行草书是下过一番功夫的，但越到后来越感到笔力纤弱，线条显得飘浮，缺乏一种厚度。他很是苦恼过一阵子，他就这个问题向于右任请教，于右任笑笑，捋了一下他的长胡须，说："你临一下魏碑看看。"杨望尼当天就跑到书店，把能见得到的魏碑字帖都买了过来。

打这天起，杨望尼开始了长达十多年的魏碑临写。他还将于右任的一首诗"朝学石门铭，暮临二十品。竟夜集诗联，不知泪湿枕"，用魏碑楷书抄写了，悬挂在床头，每晚看着它入睡。

杨望尼在杨虎城将军麾下做专职秘书时，摊上了那场举世闻名的大事：西安事变。他亲自参与了把蒋介石囚禁起来的军事行动。事后，特务们自然也不会放过他，把他被投进了监狱。他的妻子陈励修（擅楷书，取法二爨）找到于右任哭诉，于右任便打通关节，亲自出面作保救杨望尼出了监狱，并在自己掌管的西北审计部安排他做了审计处处长。

西安解放时，作为国民党政府里的旧官员，差一点被遣返沁阳老家，是一个知情的人说他曾参加过"西安事变"被蒋介石关过监狱，事情发生了逆转，他很快被人民政府接收，编进西北财经局做一般工作人员。

隔二年，经好友南汉宸推荐，杨望尼准备进京任职。中途因思乡心切，便在洛阳下了火车，然后改乘汽车，一路颠簸，夜幕降临前回到故土沁阳崇义村。原说第二天中午赶回洛阳的，可是大清早他就被村里的民兵堵在了杨家老宅。民兵队长告诉他：“你不能离开村子，我们要对你进行审查！”

突如其来的变故让杨望尼束手无措，他再次给南汉宸写信，却杳如泥牛入海。审查的结果杨望尼成了“管制对象”，被派进村生产队牲口院喂牛。隔三岔五拉去游斗一番，头顶扣上纸糊的高帽子，脸上涂满锅灰或墨水。从五十余岁走进崇义村，到八十一岁去世，近三十年的漫长岁月，杨望尼再也没有走出这个村庄一步。

他在村里悄悄教孩子们学起了书法，他去世以后，这个村子先后走出了二十余个省和国家级书协会员。

漫集梧

漫集梧（1904—1997），笔名野夫，以篆书驰名夷门书坛。

漫集吾在开封高中谋到了一门差事，教低年级的国文。开始把行书搁置起来，改练篆书。他选择了徐铉的铁线篆书作为临习的对象，每天临帖。抗日战争爆发后第二年，漫集梧暗中参加了抗日杀奸团，在开封城内实施放火、爆炸和暗杀。书店街景升书店出售伪教科书，漫集梧接到指令，要对之进行警告，他装着去买书，趁买书人多的时候溜到二楼暗处，狠狠地放了一把火，烧毁了两扇窗户。

但是，对放火这样的事漫集梧并不热心，他的兴趣还是在对篆书的研习上（由铁线篆上溯到大篆，譬如金文、石鼓文等）。等他见到禹王台密室里珍藏的《岣嵝碑》时，内心受到了震撼，他认为这可能是仓颉造字时代留下的神迹。这天夜里，漫集梧做了一夜稀奇古怪的梦，梦见一些篆字在天空像鸟一样的飞翔。

第二天，漫集梧接到新的指令，让他配合一暗杀高手刺杀伪市长高余海。高余海在河南大酒店包了一处豪华房间，常带着副官来这里和情妇私会。漫集梧误把副官当成了高余海，向同伙发出了信号，结果副官被一枪毙命，高余海却逃之夭夭。

很快，《河南民报》在醒目的位置报道了刺杀事件，杀奸团才知道这次行动失败了。漫集梧被赶出了杀奸团，他很是懊悔和苦恼，后来就病倒了。他发起了高烧，不停地说胡话，又开始做梦，梦见很多红色的鸟在天空飞翔。梦快结束时，一个弓箭手出现了，挽弓对着飞鸟射出支支利箭。从梦中醒来，漫集梧竟奇怪地想到"后羿射日"这个传说，突然脑洞大开，认为后羿射的不是"日"，而是在天空飞翔的一种红色的鸟。这种联想让他感到异常兴奋，开始对这个神话传说进行更为详尽地考据。

同时，漫集梧开始暗中打探高余海的下落。暗杀事件后，高余海迅速离开了开封，先是去了西安，后又飞到东北去了。之后，高余海就在漫集梧的视野里消失了。但是，在漫集梧心底，高余海这个名字却越来越响亮，他曾无数次在内心杀死了他。

一段时期内，漫集梧的篆书走红夷门。人们认为，他的篆书背后有一种深刻的隐喻，代表了某种高贵的品格。然而，漫集梧让许多前来向他求字的人吃了闭门羹。看着来人尴尬告退的背影，漫集梧四尺有奇的身躯似乎高大起来。

周口茶叶富商陈同文想求漫集梧一幅篆书中堂，因与漫集梧不熟，他专程来开封找到漫集梧的好友李子培，让他从中撮

　　谈起往年的那次暗杀事件，高余海茫然地摇摇头，

说丝毫都不记得了。

合这件事。李子培说："你先在'又一新'摆一宴席，我去请人，请时只说吃饭，不说其他。人如果来了，宴席上见机再说不迟。"李子培去不多久，就请来了漫集梧。席间，漫集梧谈兴很高，吃得也很高兴，鼻头上亮亮的。李子培朝陈同文使了个眼色。陈同文离席拱手，将求字的想法说了出来。李子培很紧张地看着漫集梧，不想漫集梧没有犹豫就答应了。

陈同文觉得这字求的也太顺利了，并不像坊间传闻的那样。李子培也感到意外，愣愣地看着漫集梧，觉得好像对不住这顿饭似的。隔几天李子培去取篆书中堂的时候，漫集梧还眼角带笑地说："那个茶叶商人真有意思。"见李子培不明所以，漫集梧又说："看他那身材，估计比我还要矮上两寸吧！"

二十世纪八十年代，漫集梧到东北参加一个书法交流性的会议，竟意外地碰见了高余海，北时高已经从某市政协主席的位置上退了下来。谈起往年的那次暗杀事件，高余海茫然地摇摇头，说丝毫都不记得了。虽然高余海满面微笑，但目光却比他冷酷多了，无意间看他一眼，漫集梧竟然感到了丝丝寒意。

回到夷门，漫集梧闷闷不乐了好长时间。

于安澜

于安澜（1920—1999），名海晏，以字行。河南大学古文字教授。擅小篆，具苍劲古朴之风。

于安澜对文字的兴趣，据他自己回忆，来源于幼时的私塾。很幸运的是，他一进学校就遇到了一个有学问的先生，这个先生是以"案首"考中秀才的，能把枯燥的文字讲解得有声有色。当他顺利地考入中学，幸运之神再次青睐，教他国文的竟然是范文澜先生。若干年以后他还记得在一堂课上，范先生对'暴'字的解释，说这个字就是"双手持农具在烈日下晒米"。这种游戏色彩很浓的解释使他感到了汉字的魅力，在他内心深处悄悄埋下了兴趣的种子。

一九二四年夏天，于安澜来到了开封。他的大学时代注定要在这里度过。那时的河南大学还叫中州大学，这所大学里聚集了一大批学界名流。冯友兰是他的中文系主任，郭绍虞、董作宾教古文字学，嵇文甫教诸子散文。在这些大贤的教诲下，于安澜开始阅读诸如《韵文通论》《輶轩语》一类高难度的著述。但这种景象很快随着内战的爆发而结束。

有一段时间，中文系只剩下了段凌辰一个教授。校长叫他们背诵《文心雕龙》，然后去操场上跑操。于安澜感到苦闷，经人介绍，他与许钧的大公子许敬参一起加入了开封衡门诗社。在这里他结识了南社诗人邵次公，几次交流后，埋藏在孩提时内心深处的种子开始发芽，他萌生了研究汉魏六朝音韵的想法。得到邵次公的认可。

不久，画家陶冷月去华山写生归来，在开封稍做停留，河南大学校长黄际遇是陶画的狂热爱好者，说动陶冷月留在河大任教。在河大不长的时间里，陶冷月组织学生成立了"夷门书画研究会"，于安澜被推举为会长。陶冷月很喜欢这个清秀而沉静的年轻人，常带他参加学校和社会上的美术活动，送他一些绘画方面的书刊。

一九三二年，于安澜进入燕京大学研究院。在这里，他开始研究汉魏六朝韵谱。这是一个生冷的课题，只有坐得住冷板凳的人才敢问津。他研究这个课题之初，曾有两个人对他进行了劝告，一个是文字学家刘盼遂，另一个是古音韵学教授刘子植。他们劝他的理由惊人的相似，说单凭他一个人很难完成这样一个浩大的工程，不如选择了其中的一个时段一试身手。于安澜苦苦思索了三个夜晚，最后决定坚持自己的想法。

这个人要这么多钱干什么？我兜里装有几十块钱，一两个月都花不完。

研究汉魏六朝韵谱，跟随陶冷月那段时间学到的绘画知识帮了他的大忙。对着不同的音韵，他忽然想到了画笔和颜色盘碟。他开始用画笔把一韵用一种颜色勾圈出来，然后，另一韵再用另一种颜色勾圈出来，最后他取得了成功，专著得以出版，并拿到了六百元的奖金。音韵学界泰斗钱玄同为《汉魏六朝韵谱》一书作序，并在序中以兄称之。面对大自己二十余岁的钱玄同，这一称呼让他内心感到了惶恐。该书发行不久，清华大学教授王力在《大公报·图书副刊》发表书评，赞为"传世之作"。

《汉魏六朝韵谱》初版印数不多，印刷厂的记录为一千一百八十册，都标注了编码。四川大学赵振铎教授早年在北大求学时，曾在琉璃厂的旧书店见过这本书，索价太高，作为学生的他掏不起钱，只得作罢。等他做了教授有钱了，却又买不到了，很是懊悔。忽然有一天，他又在旧书摊上见了这套书，编号宛然，第二百六十八部。铁青色绸缎封面，书名为钱玄同所题，扉页还盖有一枚"安澜所著之一"朱砂篆印。赵振铎写信给于安澜说了这件事，于安澜读信后很是感叹。

《汉魏六朝韵谱》外，于安澜后又著《画论丛刊》，齐白石题写书签，成为当时的经典，一再修订出版。一个时期，他被剥夺了教课权利，在中文系打扫卫生，天天穿得如农民一般。一九六二年，浙江美院召开王伯敏《中国绘画史》研讨会，在河南只邀请了于安澜一人参加。邀请函送到河南大学中文系，时任系主任的古文字学家李嘉言很是疑惑，他从来没听说于安澜在美术领域有任何建树，以为对方发错了信函。当他问清情况后，不由感慨万千。于出席会议时，还闹了一个笑话，工作人员以为他是个农民，走错了地方，想往外撵他，不想，他却一直走到主席台上去了。

于安澜的书法，以小篆为最擅长，因由古文字走上书法之路，有着浓郁的金石味道。夷门向他求字的很多，他从不收费，只作为交游的纽带。曾与广州美术学院某教授应和，某教授给他写一幅行书七言诗绝句，他一丝不苟，用篆书写李白《蜀道难》答谢。平时，他只要答应给你写字了，即使到年三十这一天，也要把字送到你的手上，决不食言。据有心人统计，于安澜一生为别人写近两万幅书法，却一文钱也没有收过。

有一天他读《开封日报》，见上面发一消息说，某官员因贪污数百万元公款被判处死刑，大惑不解，对一旁的学生说，这个人要这么多钱干什么？我兜里装有几十块钱，一两个月都花不完。

一九八〇年，全国第一次书法篆刻展在沈阳举办，由开封市文联选送的于安澜的一幅篆书中堂入展，这时他已七十八岁高龄。有记者要采访他，他一口拒绝了。他说，送展我不知道，我不愿出名，一出名，要字的人就会多起来，我这么一大把年纪了，怕写不过来，觉得对不住人家！

其实他不知道，他已经很有名气了。

关百益

关百益（1882—1956），曾用名益谦，满族。书法涉猎真草隶篆，皆有可观。

关百益是夷门正宗的八旗子弟，小的时候住在开封城内的里城（又叫满洲城，为满蒙八旗军旗营），与后来做了美国康奈尔大学留学博士的白谦益是儿时玩伴，二人常黄昏时分到北阁（又名北极宫，镶黄旗家庙）一带捉蛐蛐，或者嘴里高喊着："撂骨头了！"跑着将吃剩的牛羊骨头倒在里城的西墙根下。

一九三〇年，关百益考入京师大学堂。毕业前夕，罗振玉到京师大学堂任教，激发了他对甲骨学、金石学及考古学的浓厚兴趣。那时，罗振玉已收藏近两万片甲骨，关百益常课余到他的"雪堂"帮忙整理这些甲骨，受到良好熏陶。毕业后留在京师教书，后经罗振玉推荐，进入故宫博物院古物陈列所任参事一职，大长见识。又三年，罗振玉携家眷逃亡日本，关百益离开故宫，去了东北。

一九一七年，关百益重返开封。一九二二年，冯玉祥任河南督军，下令解散满蒙旗营，关百益一家从里城搬了出来，过起了普通人生活。他家搬出里城的第二年，新郑县城关镇李家楼村的一座古墓中，发掘出土大量文物（据统计共七百一十三件，因发掘现场混乱，不排除别的说法），其中青铜器百余件，刻有铭文的两件。根据那件方盘上的铭文得知，这些古器物是春秋时期郑国宗庙祭祀遗物。驻守郑县的陆军十四师师长靳云鹗喜欢附庸风雅，用军车将这批古器物运到开封，然后组织一批人用四个月的时间编著了《新郑出土古器图志》，经官书局审核后出版。

关百益得到了一部《新郑出土古器图志》。他用两个晚上读完了这部书，结果让他瞠目结舌，该书除古器物图版不够清晰外，它们的名称也时有张冠李戴的现象。他对这些古器物进行了重新研究，用一年半时间编著了《新郑古器图录》一书。出版前，他专门携清晰的古器物图版六十件，到北京先后拜访了康有为、罗振玉（已回国）、王国维、马衡等人，对这些器物的名称进行了一一认定。《新郑古器图录》一出版，在考古界引起很大震动，郭沫若给《大公报》撰写评介文章，赞扬了此书的文献价值，并说"新郑器物余均未见，及《新郑古器图录》出，始得识其大略"。

靳云鹗率人编著的《新郑出土古器图志》受到了冷落，不久，便淡出了人们的视野。

因《新郑古器图录》在考古界所产生的巨大影响，一九三〇年冬，关百益被任命为河南省博物馆馆长，成为建馆以来的第二任馆长。上任后他所做的第一件事，就是重新走进了繁塔。数年前，关百益对繁塔内的宋代石刻进行考证，编成《繁塔石刻志》二卷。惜未能刊印，后书稿不知所终。

一九三二年，关百益从张钫那里得到《汉熹平石经》残石百余块。经过认真筛选，挑出六十余块，上面的字迹多少不等，最少者一个字，最多者为九个字，然后以从少到多的次序，编成《汉熹平石经残字谱》一书，刊印行世。再次受到考古界热捧。罗振玉在病榻上撰文，说"这些石经残片，可补七经之阙，备史家之考，为研究汉熹平石经提供了珍贵的实物资料"。关百益大受鼓舞，一鼓作气，开始了对魏三体石经的研究，陆续著有《魏正始石经残石影本附跋》《魏石经考》《魏三体石经残石释证》《魏正始石经春秋尚书残石跋》等系列文稿。这是关百益著述的井喷期，也是他人生最辉煌的时刻。他耀眼的光芒开始招致一些人的妒忌和怨恨，靳云鹗所组织的那班人开始以最恶毒的言语咒骂他，说他是"最奸诈的欺世盗名的小人"！

被光环笼罩下的关百益对来自各个角落的诅咒浑然不知。他开始对河南省博物馆进行大刀阔斧地改革，将馆内的青铜器、甲骨、金石、陶、瓷、玉、牙角等文物重新归类整理，面向社会开放，并接受社会各界的捐赠。很快，坊间就有传言，说"国

　　河南省博物馆从出土的新郑古器物中选出八件古铜器参加展览，成为整个展览会上的独特风景。一些华侨在古铜器展台前长久驻足，以至热泪盈眶。

内除故宫博物院外,河南博物馆堪居第二之位置"。一九三四年,就在关百益的生活中到处飘满花香的时候,他又再版了《新郑古器图录》,在原书的基础上进行了修订,书中由原来的六十件古器物增至九十三件,并对它们的尺度、造型、纹饰及用途做了更为明晰的标注,此外,还收录了王国维、马吉樟两种观点截然相反的文章。

新版《新郑古器图录》问世后,在夷门的反响却出人意料的冷清,甚至有人讨伐这是一部抄袭之作,更有不堪的是,不知什么人在博物馆大门外贴出了告示,说关百益人格卑劣,凭借手中公权沽名钓誉,等等。也是在这个时候,"中国艺术国际展览会"在英国伦敦举办,河南省博物馆从出土的新郑古器物中选出八件古铜器参加展览,成为整个展览会上的独特风景。一些华侨在古铜器展台前长久驻足,以至热泪盈眶。一个留有花白胡须的华侨老者振臂高呼,号召其他华侨给河南省博物馆捐献钱财,说是一片拳拳之心。关百益无法拒绝。回国后,关百益即遭到相关部门的审查,说有人举报他在英国期间接受异邦贿赂。关百益被迫辞职。

辞职后,关百益隐居在开封柴火市街 22 号的艮园,这是一座二进四合院的崭新建筑,楼下开有大门,院子里栽满翠竹。这种建筑格局在开封民居中是不多见的。艮园的东屋为书房,墙上挂着关百益所书的一幅魏碑对联:"祀祖宗毕恭毕敬,教子孙兴国兴家"。关百益很少再抛头露面,只和许钧等人谈谈书法，把主要精力放在临摹魏碑上。朋友索字，他会写幅扇面或条幅送给朋友。

日寇占据开封后，有一天晚上关百益差一点被几个黑衣人绑架。妻子很是恐惧，闹着要他尽早离开开封。经朋友张钫介绍，关百益到西北大学历史系执教，主讲考古学、先秦文学、民俗学等课程。因与系主任观点相左，备受冷落，整日郁郁寡欢。一九五〇年他回了一趟夷门，在艮园住了月余，写了几首怀乡诗。一九五六年春天，因脑溢血病故。

过些年，艮园也破败了。

顾渔溪

顾渔溪（1856—1927），名璜。擅小篆，有墨迹在开封民间流传。

顾渔溪是祖父那辈举家从江宁迁移到开封的。那个时候，江宁人潘铎出任河南巡抚。一天黄昏，潘铎登上了铁塔的最高层，听着微风拂动檐牙下铃铛的声音，心头忽然涌起一缕浓浓的乡愁。这时，他想起少年同窗顾逊之。

于是，顾逊之就从江宁来到了开封，做了潘铎的幕僚。

顾逊之就是顾渔溪的爷爷。

遗憾的是，顾逊之来到开封不到一年，就因病驾鹤西去。临咽气之时，紧紧拉住儿子顾大成的手，对着他的耳朵微弱地说："葬父汴梁城外，后世子孙不得离开此地。"

不久，顾渔溪呱呱坠地。和他祖父一样，后脑勺上都长一个鸡蛋大小的瘿子，寸毛不生，奕奕而有神采。顾渔溪天生聪慧，十一岁那年曾与人比赛倒背《论语》，竟是一字不差，轰动一时，被人喊作"神童"。

一八七三年春天，杨柳吐絮的季节。十七岁的顾渔溪结识了夷门才女季红萝。季红萝是祥符县令季天豪的小女儿，饱读诗书，自比婉约词人李易安。二人一见钟情，很快坠入情网。但季天豪十分厌恶顾渔溪脑后的那个瘿子，坚决反对女儿与他来往。棒打鸳鸯，把季红萝软禁在绣楼。

半年后，季天豪将移官贵州。临行的前一晚上，季红萝瞅准父亲和同僚应酬醉酒的间隙，偷跑出来与顾渔溪私会。汴水岸边，垂杨柳梢头，有残月半弯。二人相拥而泣。临别，季红萝赠顾渔溪一个信物，是一只乌木雕刻的小船。

顾渔溪紧紧把小船抱在怀里。

她说："你就是奴家的港湾。总有一天，我会像这只小船一样，回到你的怀抱。"

季红萝走后，再无音信。

顾渔溪发奋读书，一八七六年进京参加科考，中二甲第三名进士，授翰林院庶吉士一职。之后，顾渔溪春风得意，一路升迁，一直做到太仆寺少卿。每升迁一次，他都要大醉一次，醉后痛哭。醒来总觉得跟前少了个人，然后长吁短叹一番。

一八九三年，顾渔溪来到了广州，他作为朝廷大员，主持这一年的广东乡试。考试结束，南海名士康有为中举。从此，在以后的三十余年间，康有为一直以"恩师"称呼顾渔溪。尽

管如此，十三年后，二人书信来往，进行了长达数年的碑帖学
之辩。二人争论的焦点，是二种书风流派的优劣问题。

　　从广州返回京城的第二年暮秋，顾渔溪接到一封来自开封
的家书，说父亲顾大成患上严重的肝病，已卧床多日。次日早朝，
顾渔溪上疏，说："家父病重，请致政侍养。"朝廷准奏。回到
开封，在父亲的病榻旁边，顾渔溪另置一张小床，寝不解衣，
昼夜侍奉在父亲床头，给父亲梳头，给父亲洗脚，给父亲熬药。
药熬好，顾渔溪先尝尝热凉，然后再一勺一勺喂进父亲的嘴里。

　　因为顾渔溪的悉心照顾，顾大成又整整活了十个年头，直
到一九三〇年才去世。

　　顾渔溪回到开封侍奉父亲不久，康有为在上海成立强学
会，二十四人名单中，河南只有一人，就是顾渔溪。康有为写
信邀请顾渔溪时，却被顾拒绝。在照顾父亲的十年间，顾渔溪
不曾离开开封半步。

　　这段时间里，顾渔溪侍奉父亲之余，还做了一件事。
一八九七年，他父亲的病已大有好转，顾渔溪应河南巡抚刘树
棠之聘，出任大梁书院院长。

　　大梁书院是清代河南著名书院。清朝中期，大梁书院拥有
千亩良田，官府每年拨付岁银三千余两，各类图书汗牛充栋。
然而到了光绪年间，大梁书院已经衰败。顾渔溪接手的时候，
书院中的图书被虫蠹鼠咬，完好的已寥寥无几。为了用书籍打
开学生的眼界，顾渔溪联络省城十余名富商，捐银一千二百两，

　　小木船在河水里徘徊了一阵子，然后一漾一漾地
向远方飘去。从这一天开始，顾渔溪每天坐在汗河岸
边等候。

自己又筹借三百两，派人去京津购买新书。又亲自编写了《大梁书院藏书总目》，对图书严加管理。到他父亲去世的第二年，一九〇四年的春天他重回北京任职时，大梁书院的藏书已蔚为可观。

这次去北京任职不久，清朝就灭亡了，顾渔溪返回开封。半年后，被聘为河南国民政府与河南督军署顾问。

晚年，他与夷门"八大书法家"之一的王德懋等人组建"夷门书法社"，广招门徒，为中原培养书法人才。

一九二七年三月二十三日，顾渔溪无疾而终，葬于开封城东沙岗寺祖茔。

去世前数月，顾渔溪来到汴河边，把珍藏多年的那只季红萝送他的小木船放进了缓缓流动的河水里。小木船在河水里徘徊了一阵子，然后一漾一漾地向远方飘去。从这一天开始，顾渔溪每天坐在汴河岸边等候。他相信，终有一天，这只小木船还会一漾一漾飘回来的。